시련

The Crucible

THE CRUCIBLE
by Arthur Miller

세계문학전집 286

시련

The Crucible

아서 밀러

최영 옮김

민음사

차례

등장인물

패리스 목사

베티 패리스

티투바

애비게일 윌리엄스

수재너 윌콧

앤 퍼트넘

토머스 퍼트넘

머시 루이스

메리 워렌

존 프록터

레베카 너스

자일스 코리

존 헤일 목사

엘리자베스 프록터

프랜시스 너스

에제킬 치버

헤릭 서장

해손 판사

댄포스 부지사

세라 굿

홉킨스

작가 노트
이 작품의 역사적 정확성에 대하여

　이 연극은 역사학자들이 사용하는 의미로서의 역사가 아니다. 연극의 목적을 위해서 때로는 많은 인물들을 한 인물 속에 융합시키는 것이 필요하다. '마녀 고발'에 관련된 여자아이들의 수는 줄였으며 애비게일의 나이는 늘렸다. 비슷한 권한을 가진 판사들이 여러 명 있었으나 그들 모두를 해손과 댄포스를 통해서 상징적으로 나타냈다. 그러나 나는 독자들이 여기서 인류 역사상 가장 괴이하고 또 가장 무서운 사건들 중 하나가 갖는 본질적 특성을 찾아내리라고 믿는다. 각각의 등장인물들에게 부여된 운명은 그 역사적 모델의 운명과 일치한다. 이 연극에 등장하는 인물들 가운데 역사적인 역할과 유사한 (그리고 어떤 경우에는 아주 똑같은) 역할을 하지 않는 인물은 없다.

　등장인물의 성격에 관해서는, 몇몇 편지들과 재판 기록, 당대에 쓰인 광고물, 그리고 신빙성의 정도가 제각각인 출처를 통해 언급된 그들의 행동에서 추측 가능한 것을 제외하면 알려진 것이 거의 없다. 따라서 등장인물에 대해서는 내가 이 연극의 각본을 위해 쓴 해설에서 지적한 것을 제외하고는, 밝혀진 그들의 행위에 일치하도록 최선을 다해서 묘사한 나 자신의 창작으로 간주할 수도 있다.

1막
서곡

1692년 봄. 매사추세츠 세일럼. 새뮤얼 패리스 목사의 집 2층 작은 침실.

왼편으로 좁은 창이 나 있다. 납으로 테를 두른 유리창을 통해 아침 햇살이 쏟아져 들어온다. 오른편에 놓인 침대 옆에서 촛불이 아직도 타고 있다. 다른 가구로는 서랍장 하나, 의자 하나, 작은 테이블이 있다. 무대 뒤편에는 아래층으로 내려가는 층계참으로 통하는 문이 나 있다. 방은 깔끔하고 검소한 분위기를 풍긴다. 드러난 지붕 서까래는 원목 그대로이며 거칠다.

막이 오르면 패리스 목사가 침대 곁에서 기도를 드리는 것이 분명한 모습으로 무릎을 꿇고 있는 것이 보인다. 열 살인 그의 딸 베티 패리스가 미동도 없이 침대 위에 누워 있다.

사건이 일어났을 당시 패리스 목사는 40대 중반이었다. 역사상으로 보면 패리스 목사는 악한 길을 택했으며, 좋은 평판이라곤 거의 얻지 못했다. 그는 자신이 사람들과 하느님을 자기 편으로 이끌려고 최선을 다했음에도 불구하고 어딜 가나 박해를 받고 있다고 믿었다. 예배 중 누군가가 자기의 허락을 받지 않고 일어나 문을 닫으면 그는 모욕을 느꼈다. 그는 홀아비로 아이들에게는 흥미가 없었고 또 다룰 능력도 없었다. 그는 아이들을 나이 어린 성인으로 간주했는데, 이 이상한 위기가 닥치기까지는 그 역시 세일럼의 다른 사람들과 마찬가지로 아이들에 대해서 그들이 눈을 살짝 내리깔고, 팔을 옆구리에 붙이고, 질문을 받기까지는 입을 다물고서, 똑바로 걸을 수 있다는 것에 감사하는 존재가 아닐 것이라고 생각해 본 적이한 번도 없었다.

패리스 목사의 집은 오늘날에는 마을이라고도 할 수 없는, '읍'에 위치해 있었다. 예배당에 면한 그 집의 바깥쪽(해변 혹은 내륙 쪽을 향한)으로는 매사추세츠의 혹독한 겨울에 맞서 창문이 작고 어두침침한 집들이 몇 채 옹기종기 붙어 있었다. 세일럼은 세워진 지 사십 년도 채 안 되었다. 유럽 사람들에게는 이 매사추세츠 주 전체가 한 무리의 광신도들이 모여 사는 야만적인 변경 지대였다. 그럼에도 불구하고 이 광신도들은, 차츰 양과 질이 향상되는 생산품을 배에 실어 보내고 있었다.

그들의 생활이 어떠했는지 제대로 아는 사람은 없다. 그들가운데 소설가라고는 없었던 것이다. 만약에 소설책이 있었더라도 그걸 읽는 것은 용납되지 않았을 것이다. 그들의 생활신조는 극장을 비롯하여 '헛된 향락'이라 할 만한 그 어떠한 것도 용납지 않았다. 그들은 성탄절에도 즐기지 않았다. 게다가 일을 쉬는 날이란 더욱더 기도에 몰두해야 하는 날을 의미했다.

그렇다고 해서 이같이 엄격하고 음울한 생활에 해방구가 전혀 없었다는 것은 아니다. 새로운 농가가 세워지면 친구들은 '상량식'을 하러 모여들었고, 어쩌면 특별한 음식을 요리하거나 독한 사과주를 좀 돌리곤 했을 것이다. 세일럼에도 건달들은 꽤 있었으며, 이들은 브리지트 비숍의 선술집에서 셔플보드 놀이판을 놓고 빈둥거렸다. 아마도 이곳의 도덕이 더럽혀지지 않은 것은 종교적 신조 이상으로 가혹한 노동 때문이었을 것이다. 왜냐하면 이곳 주민들은 한 알의 곡식을 얻기 위해 마치 영웅처럼 대지와 싸워야 했으므로 빈둥대고 놀 시간이 없었기 때문이다.

그러나 나태한 인간들도 있었다는 것은 2인조 순찰조가 편성되었다는 사실에서 알아볼 수 있다. 이 순찰조의 의무는 '하느님을 경배하는 시간에 성경 말씀을 듣거나 성찬식에 참여치 않고, 예배당 인근 혹은, 특별한 이유 없이 집이나 밭에 있는 자들을 수색해 내서 이름을 적은 후 치안관에 제출해 응분의 처벌을 받게 하는 것'이었다. 이처럼 남의 일에 참견하기 좋아하는 성향은 세일럼 주민들 사이에서는 이미 오래된 일이었다. 그리고 의심할 바 없이 이로부터 앞으로 닥쳐올 광란의 요인이 될 무수한 의혹이 탄생했던 것이다. 또한 내 생각에 이런 경향은 존 프록터 같은 인물이 반발하게 될 것 중 하나였다. 왜냐하면 무장을 갖추고 야영을 하던 시절이 거의 끝나 가고 비록 완전

하다고는 볼 수 없어도 상대적으로 안전해지면서 이 지방의
낡은 규율들이 안에서부터 곪기 시작했던 탓이다. 그러나 이
런 류의 일이 으레 그렇듯이, 문제점은 분명한 것이 아니었다.
왜냐하면 아직도 위험이 닥쳐올 수 있었고, 또 단결은 여전히
안전을 보장하는 최선의 약속이었기 때문이다.

삼림 지대의 경계선은 아주 가까웠다. 미국 대륙은 서쪽으
로 끝없이 펼쳐 있었으며, 세일럼 주민들에게 그곳은 알 수 없
는 것으로 가득 찬 곳이었다. 어둡고 위협적인 이 삼림 지대는
밤낮 없이 주민들의 어깨를 짓누르고 있었다. 그곳으로부터
이따금씩 인디언 부족들이 침략해 왔는데 패리스 목사 교구
민 중에도 이 이교도들에게 친척들을 잃은 사람이 있었다.

이곳 주민들이 인디언을 기독교도로 개종시키는 데 실패한
책임의 일부분은 그들의 편협한 속물근성에 있었다. 아마도
그들은 같은 기독교도에게서 땅을 빼앗는 대신 인디언에게서
땅을 빼앗는 쪽을 택했을 것이다. 어찌 됐든, 기독교로 개종한
인디언은 극소수였고, 세일럼 주민들은 원시림이 악마의 마
지막 남은 땅이며, 본거지이고, 최후의 보루라고 믿었다. 그들
이 알고 있는 한, 미국 대륙의 삼림 지대는 하느님께 경배드리
지 않는 지상 최후의 장소였던 것이다.

여러 이유가 있겠지만 특히 그중에서도 이런 연유로 이곳
주민들은 타고난 반항심, 심지어는 피해망상까지 품고 있었
다. 물론 그들의 조상들도 영국에서 박해를 당했다. 그래서 이
제 이곳 주민들과 교회는 그들의 새 예루살렘이 사악한 방식
이나 위선적 사상에 더럽혀지고 부패하지 않도록 하기 위해

서라면, 다른 교파들의 자유를 부정할 필요가 있다는 것을 알게 된 것이다.

요컨대 그들은 자신들의 굳건한 손안에 이 세상을 밝힐 촛불을 쥐고 있다고 믿었다. 우리는 이 신념을 물려받았으며, 이것은 한때 쓸모 있었지만 이제는 상처를 줄 뿐이다. 세일럼 주민들은 자기들에게 주어진 규율로 이 신념에 의지했다. 그들은 대체로 신앙심이 깊은 사람들이었는데, 자신이 선택했든, 아니면 여기서 태어났든 간에 이 나라에서 살아 나가기 위해서는 그래야만 했던 것이다.

이 같은 신념이 그들에게 값진 것이었다는 증거는 세일럼보다 훨씬 남쪽인 버지니아 주 제임스타운 초기 정착민들의 정반대되는 특징에서 찾아볼 수 있다. 버지니아에 상륙한 영국인들의 동기는 재물을 모으려는 데 있었다. 그들은 신대륙의 부를 쓸어 모아서 부자가 되어 영국으로 돌아갈 생각을 했다. 그들은 이기적인 집단이었으며, 매사추세츠 주 사람들보다 더한 아첨꾼들이었다. 그렇지만 버지니아 주에서는 그들을 척결했다. 매사추세츠 주에서도 청교도들을 없애려 했지만 그곳 청교도들은 힘을 합쳤다. 그들은 공동체 사회를 건설했다. 그 공동체는, 처음에는 전제적이고 매우 헌신적인 지도자를 가진 무장한 수용소에 불과했다. 그렇지만 이 사회는 합의에 의한 전제 체제였다. 왜냐하면 주민들은 꼭대기에서 말단에 이르기까지 공동의 이념 아래 뭉쳤기 때문이다. 공동 이념의 영속화는 이들이 고난을 견딘 이유였으며 또 그 고난을 정당화해 주었다. 따라서 이들의 극기심, 목적 의식, 허황된

추구에 대한 경계, 엄격한 공정성이 모두 합쳐져 인간에게 적대적인 이 땅을 정복하는 데 완벽한 도구가 됐다.

그러나 1692년의 세일럼 주민들은 메이플라워 호를 타고 미국 대륙에 도착한 사람들처럼 헌신적이지 못했다. 그동안 대대적인 계층 분리가 일어났으며 또 그들의 시대에 혁명이 일어나 왕정이 물러나고 군사 정권이 들어서 권력을 장악하고 있었다. 이들 눈에는 시대가 사개에 맞는 것으로 보였음에 틀림없으며 오늘날 우리 시대가 그러하듯이 당시에도 보통 사람들 눈에는 자기 시대가 해결 짓기 힘들고 복잡한 시기로 비쳤을 것이다. 대중들에게 은밀하고 어두운 세력이 혼란기를 초래했다고 믿게 하는 일이 얼마나 쉬웠는지는 어렵지 않게 짐작할 수 있다. 이러한 추측에 대한 어떤 암시도 법정 기록에는 나타나 있지 않지만 어느 시대에나 사회적 혼란은 미신적인 의혹을 낳는 법이다. 그래서 세일럼에서처럼 사회의 심층으로부터 기이한 일들이 발생할 경우, 사람들이 좌절에서 비롯된 폭력으로 희생자들을 공격하지 않고 인내하기를 바라는 것은 너무 큰 기대일 것이다.

이제 다루게 될 세일럼 비극은 모순으로부터 자라났다. 그것은 아직도 우리를 손안에 쥐고 흔드는, 해결 전망은 아직 불투명한, 그런 모순이다. 간략히 말하자면 이런 것이다. 선하고 더욱 숭고한 목적을 위해서 세일럼 주민들은 국가와 종교의 권력을 합친 신정(神政) 체제를 발전시켰다. 이 체제의 기능은 공동체를 단결시키고, 물질적, 이데올로기적인 측면에서 공동체를 파멸로 이끌지도 모를 내부 분열을 막는 것이었다. 그

체제는 필요에 의해 만들어진 것으로, 그 목적을 완수했다. 하지만 원래 조직이란, 두 개의 물체가 동시에 똑같은 위치에 존재할 수 없는 것처럼, 배척과 금지 위에 세워지게 마련이며 또 그래야만 하는 것이다. 뉴잉글랜드 지방에도 규율이 막아 주던 위험보다 그 규율이 갖는 억압이 더 무거워지는 때가 찾아왔다. 마녀 사냥은 개인의 자유가 확대되는 방향으로 균형의 추가 옮겨 가기 시작했을 때, 사회 모든 계층의 구성원들 사이에 생겨난 공포의 일그러진 모습이었다.

흔하고도 개인적인 악덕을 초월한 사람만이 모든 이를 동정할 수 있다. 우리 모두 언젠가 받게 될 그 동정 말이다. 억압 없이 사회를 구축하는 것은 인간에게 불가능한 일이며, 규율과 자유 사이에서 균형은 충돌하게 마련이다.

마녀 사냥은, 그러나 단순한 억압이 아니었다. 이것은 또한 중요한 부분인데, 희생자를 고발한다는 구실하에, 비행과 죄를 공공연히 저지르던 류의 사람들을 위해서 오랜 세월 미루어 둔 기회로 작용했다. 이제 어떤 남자가 한밤중에 마사 코리가 자기 침실로 찾아와 곁에 아내가 자고 있는데도 자신의 가슴 위에 올라타더니 '거의 질식시킬 뻔'했다고 하는 게 갑자기 말이 되는 이야기가 되었을 뿐만 아니라, 애국적이고 또 신성한 일이 된 것이다. 물론 이 남자에게 찾아온 것은 마사의 혼령이겠지만, 이 일을 고백하는 데서 오는 만족감은 진짜 마사가 찾아온 것보다 못하지 않은 것이었다. 평상시 같았으면 이런 일은 공개할 만한 게 못 되었을 것이다.

이웃에게 품어 온 오랜 증오심은 이제 공공연히 드러낼 수 있게 되었고, 성경이 자비를 가르침에도 불구하고 복수를 할 수 있게 되었다. 토지 경계선과 거래를 둘러싼 끝없는 말다툼으로 표출되던 땅 욕심은 이제 도덕적인 영역으로 승격되었다. 즉 이웃을 마녀라고 모함할 수 있었고 게다가 덤으로 정의감을 맛볼 수도 있었다. 해묵은 원한은 하느님과 악마의 대결이라는 천상의 차원에서 결론지을 수 있게 되었다. 행복한 자들을 향해 불행한 자들이 품었던 의심과 질시가 평범한 보복 행위로 터져 나올 수 있었으며 또 실제로 그런 일이 일어났다.

패리스 목사는 지금 기도 중이다. 비록 말소리는 들리지 않지만 그의 모습에서 혼란스러워하는 분위기가 전해진다. 중얼거리면서 흐느끼는 듯하다. 흐느낀 다음 다시 기도한다. 하지만 그의 딸은 침대 위에서 기척도 않는다.

문이 열리고 흑인 노예가 들어선다. 티투바는 40대 중반이다. 목사가 되기 전 패리스가 상인 신분으로 몇 년 동안 지낸 바베이도스에서 데리고 돌아왔다. 그녀는 사랑하는 아이를 못 본다는 것을 더는 참을 수 없게 된 듯 들어선다. 그러나 동시에 이 집안에서 일어나는 문제들은 결국 자기에게 책임 지워질 것이라는 노예근성에서 나온 경계심 때문에 매우 겁에 질려 있다.

티투바   (이미 한 걸음 뒤로 물러서) 베티 아씨가 곧 나을까요?
패리스   꺼져!
티투바   (문 쪽으로 뒷걸음질 치며) 베티 아씨는 안 죽어요······.

패리스   (격노하여 벌떡 일어나며) 내 앞에서 꺼져! (티투바, 나간
         다.) 내 앞에서……. (흐느낌으로 목이 멘다. 이를 악물고
         참는다. 문을 닫고 탈진한 듯 문에 기대어 선다.) 오, 하느
         님! 도와주소서! (공포에 떨면서, 흐느끼는 가운데 혼자 중
         얼거리며, 침대로 가 베티의 손을 부드럽게 쥔다.) 베티야,
         얘, 아가. 일어나서 눈을 떠 봐라! 베티야, 아가…….

(패리스가 다시 무릎을 꿇으려 할 때 열일곱 살 난 조카 애비게일 윌
리엄스가 들어온다. 굉장히 아름다운 소녀로 고아이며, 거짓말에 엄
청나게 능숙하다. 지금은 걱정과 염려에 가득 차 있으며 예의 바르게
행동하고 있다.)

애비게일   아저씨? (패리스가 돌아본다.) 수재너 월콧이 그릭스
         의사 선생님 댁에서 돌아왔어요.
패리스   그래? 들어오라고 해라, 들어오라고 해.
애비게일   (문밖으로 몸을 내밀며 몇 계단 아래 복도에 있는 수재너
         를 부른다.) 들어와, 수재너.

(애비게일보다 조금 어린 나이의 수재너 월콧이 불안해하고 초조해
하며 들어온다.)

패리스   (간절히) 그래, 애야, 의사 선생님이 뭐라고 하시더냐?
수재너   (베티를 보려고 패리스 옆으로 고개를 길게 빼면서) 의사
         선생님께서 당신의 책에서는 그 처방약을 찾을 수 없

다고 목사님께 가서 전하라고 하셨어요.

패리스   그렇다면 계속 찾아볼 일이지.

수재너   네, 목사님. 의사 선생님께선 집에 오신 후 내내 책을
        찾아보셨어요. 하지만 원인을 불가사의한 것에서 찾
        아보아야 할지 모른다는 말씀을 전하라고 하셨어요.

패리스   (눈이 휘둥그레지며) 아니, 아니야. 여기에 불가사의한
        원인은 있을 수 없어. 의사 선생님더러 내가 비벌리에
        사는 헤일 목사를 부르러 사람을 보냈다고 전해. 헤
        일 목사가 그 부분을 분명하게 확인해 줄 거다. 의사
        선생님더러 처방약이나 찾아보고 여기에 불가사의한
        이유가 있다는 생각은 모두 집어치우시라고 해. 그런
        것은 없으니까.

수재너   네, 목사님. 의사 선생님께서 그렇게 전하라고 말씀하
        셨어요. (몸을 돌려 나가려고 한다.)

애비게일 수재너, 마을에 가서 이런 이야긴 하지 마.

패리스   곧바로 집으로 가거라. 그리고 불가사의한 원인이라
        는 소리는 입 밖에 내지 마라.

수재너   네, 목사님. 베티를 위해 기도할게요. (수재너 나간다.)

애비게일 아저씨, 마법 때문이라는 소문이 파다하게 퍼졌어
        요. 아저씨가 아래층에 내려가서 직접 아니라고 하시
        는 것이 좋을 것 같아요. 응접실이 사람들로 가득해
        요. 베티는 제가 돌볼게요.

패리스   (당황하여 애비게일 쪽을 돌아본다.) 저 사람들에게 내가
        뭐라고 하지? 내 딸과 조카딸이 숲 속에서 이교도처

럼 춤추는 것을 내 눈으로 봤다고?

애비게일 　아저씨, 우린 춤만 추었어요. 사람들한테 제가 고백했다고 하세요. 제가 매를 맞아야 한다면 매를 맞을게요. 그렇지만 다들 마법이라고 얘기하잖아요. 베티는 마법에 걸린 게 아니에요.

패리스 　애비게일. 네가 모든 걸 다 내게 털어놓지 않았다는 사실을 알면서 회중 앞에 나설 수는 없다. 숲 속에서 베티와 무슨 짓을 했니?

애비게일 　우린 춤을 췄어요, 아저씨. 그리고 아저씨가 덤불숲에서 갑자기 튀어나오시는 바람에 베티가 놀라 기절한 것뿐이에요. 그것이 전부예요.

패리스 　얘야, 자 앉아라.

애비게일 　(떨면서 앉는다.) 전 결코 베티를 해치지 않을 거예요. 전 베티를 정말 사랑해요.

패리스 　보렴, 네게 벌을 주는 건 때가 되면 하게 될 거다. 하지만 네가 숲 속에서 혼령들과 거래를 했다면 난 지금 그걸 알아야만 해. 분명히 내 적들이, 그들이 이 일로 날 파멸시킬 테니까.

애비게일 　하지만 저흰 결코 혼령들을 불러내지 않았어요.

패리스 　그렇다면 어째서 베티가 자정부터 꼼짝을 않는 거냐? 이 아이는 절망적이야! (애비게일 눈을 내리깐다.) 밝혀질 거다. 내 적들이 알아낼 거야. 네가 거기서 뭘 했는지 말해 다오. 애비게일, 넌 내게 적이 많다는 것을 알고는 있는 거냐?

애비게일 들어 본 적 있어요, 아저씨.

패리스 나를 교회에서 몰아내기로 맹세한 파벌이 있단다. 잘 알지?

애비게일 네, 그래요.

패리스 자, 그런데 이런 분쟁 중에, 바로 내 집안이 그따위 해 괴한 일의 진원지가 되어 버리다니. 숲 속에서 추잡한 일이 벌어진 거다.

애비게일 그건 장난이었어요, 아저씨!

패리스 (베티를 가리키며) 이게 장난이라고? (애비게일, 시선을 내린다. 패리스는 간청한다.) 애비게일, 뭔가를 알고 있어서 의사에게 도움을 줄 수 있다면, 제발 내게 말해 다오. (애비게일 입을 다문다.) 내가 나타났을 때, 티투 바가 불 위로 팔을 흔드는 것을 봤다. 왜 그런 거냐? 또 그녀 입에서 외마디 고함 소리와 중얼거리는 소리 가 나는 걸 들었다. 그녀는 불 위로 말 못 하는 짐승처 럼 몸을 흔들고 있었어.

애비게일 티투바는 언제나 바베이도스 노래를 불러요. 그러면 우린 춤을 추고요.

패리스 애비게일, 내가 본 것을 못 본 체할 수는 없다. 나의 적 들은 눈감아 주지 않을 테니까. 풀밭 위에 옷이 널려 있는 것을 보았다.

애비게일 (천진하게) 옷이라고요?

패리스 (말하기 어려워하며) 그래, 옷 말이다. 그리고 내 생각 에는 누군가가 벌거벗은 채 숲 사이로 뛰어가는 것을 본 것 같단 말이다!

애비게일 (겁에 질려) 옷을 벗은 사람은 없었어요! 아저씨가 잘 못 보신 거예요!

패리스 (성이 나서) 내가 봤다고! (애비게일 곁에서 물러선다. 그런 다음, 단호하게) 자, 사실대로 말해라, 애비게일. 네가 진실의 무게를 느끼길 바란다. 지금 내 목사직이 위기에 처해 있어. 내 목사직이, 그리고 어쩌면 네 사촌의 목숨까지도. 네가 무슨 파렴치한 짓을 했든 간에 그걸 내게 모두 당장 말해 다오. 저 아래 있는 회중 앞에 나갈 때에 내가 아무것도 모르고 있을 수는 없으니까.

애비게일 그 이상은 없어요. 맹세해요, 아저씨.

패리스 (그녀를 유심히 살핀 다음, 반쯤 납득한 듯 고개를 끄덕인다.) 애비게일, 난 이곳에서 삼 년 내내 이 거만한 사람들이 내게 수그러들게 하느라고 투쟁해 왔다. 그리고 나에 대한 존경심이 교구 안에서 싹트고 있는 바로 이때에, 네가 내 평판을 위태롭게 하고 있어. 난 네게 집을 주었고 걸칠 옷을 주었다. 이제 내게 정직하게 말해 봐. 이 마을에서 네 평판은 전적으로 흠잡을 데 없겠지, 안 그러냐?

애비게일 (날카로운 분노를 드러내며) 물론 그렇다고 확신해요. 제 이름에 부끄러운 점은 없어요.

패리스 (찌르듯이) 애비게일, 네가 프록터 부인 집에서 쫓겨난 데에 내게 말한 것 말고 다른 이유는 없니? 내, 들은 바가 있어 말한다만 프록터 부인이 올해 들어 교회에 거의 나오지 않는 것은 누군가 타락한 인간 곁에 가까이 앉고 싶지 않아서라는 거야. 그게 무슨 뜻이지?

애비게일 그 여자는 절 미워해요. 아저씨, 절 미워하는 게 틀림없어요. 자기 노예가 되지 않았으니까 말이죠. 매몰찬 여자예요. 거짓말쟁이에다 차갑고 청승맞은 여자예요. 그런 여자를 위해선 일할 수 없어요!

패리스 그 여잔 그럴지도 모르지. 그래, 허나 네가 그 집에서 나온 지 일곱 달이 됐는데 그간 다른 어느 집에서도 너를 고용하지 않았다는 것이 마음에 걸린다.

애비게일 그들은 저 같은 사람이 아니라 노예를 원하는 거예요. 바베이도스에나 가서 찾아보라죠. 그들을 위해 노예가 되진 않겠어요! (패리스에 대한 분을 감추지 못하고) 제게 잠자리를 주시는 것이 아까우세요, 아저씨?

패리스 아니, 아니다.

애비게일 (화를 내면서) 마을에서 제 평판은 좋아요! 제 평판이 나쁘다고 말하게 놔두진 않겠어요! 프록터 여편네야말로 수다스러운 거짓말쟁이에요!

(앤 퍼트넘 부인 등장. 마흔다섯 살 된 뒤틀린 성격의 소유자로 죽음에 사로잡혀 있으며 악몽에 시달리곤 한다.)

패리스 (문이 열림과 거의 동시에) 안 돼, 안 돼, 아무도 만날 수 없어. (비록 걱정스러운 채이지만 퍼트넘 부인을 보고 확실한 존경심을 나타낸다.) 아, 퍼트넘 부인, 어서 들어오시지요.

퍼트넘 부인 (가쁜 호흡으로 눈을 빛내면서) 이건 괴이한 일이에
요. 분명히 지옥의 저주가 목사님께 떨어진 거예요.

패리스 아닙니다, 부인. 이건…….

퍼트넘 부인 (베티를 흘끗 보면서) 얼마나 높이 날았나요? 얼마
나 높이?

패리스 아니, 아닙니다. 절대로 날아다니지 않았어요…….

퍼트넘 부인 (목사의 말에 매우 만족한 듯) 아니, 이 애는 분명히
날았어요. 베티가 잉거솔네 곳간 위로 날아서 새처럼
가볍게 내려앉는 걸 콜린스 씨가 봤다던데요!

패리스 저, 이것 보십시오, 퍼트넘 부인, 베티는 결코……. (토
머스 퍼트넘 등장. 부유하고 위압적인 지주로 쉰 살 가까이
됐다.) 아, 안녕하시오, 퍼트넘 씨.

퍼트넘 마침내 이게 밝혀진 건 섭리입니다! 섭리다마다요.
(침대 쪽으로 곧바로 간다.)

패리스 뭐가 밝혀졌단 말입니까, 뭐가……?

(퍼트넘 부인도 침대로 간다.)

퍼트넘 (베티를 내려다보며) 아니, 이 애는 눈을 감고 있군! 앤,
이걸 보라고.

퍼트넘 부인 정말, 이상도 하군요. (패리스에게) 우리 애는 눈을
떴는데요.

패리스 (깜짝 놀라서) 댁의 루스도 아픕니까?

퍼트넘 부인   (악의에 찬 확신을 가지고) 병이라고 할 순 없겠죠.
　　　　　　악마의 손길이 질병보다 더 무서운 법이에요. 아시겠
　　　　　　죠, 이건 죽음이에요. 죽음이 찌르고 차면서 애들 속
　　　　　　으로 들어오고 있어요.

패리스　　　오, 제발 그런 말씀 좀 하지 마십시오! 그래, 루스는
　　　　　　어떻게 아픈가요?

퍼트넘 부인   뻔한 증세를 앓고 있죠. 아침에는 깨어나지 못하
　　　　　　지만 눈을 뜬 채 걸어 다녀요. 아무것도 듣지 못하고
　　　　　　보지 못하고 또 먹지도 못해요. 분명히 영혼을 빼앗긴
　　　　　　거예요.

(패리스, 충격을 받는다.)

퍼트넘　　　(자세한 일을 캐묻듯이) 비벌리의 헤일 목사를 부르러
　　　　　　보냈다고 사람들이 그럽디다만?

패리스　　　(이제 점점 자신감을 잃어 가며) 그저 예방 조치일 뿐입
　　　　　　니다. 그분은 온갖 마법에 대해서 경험이 많지요. 그
　　　　　　리고 저는…….

퍼트넘 부인   정말 그래요. 지난해에 비벌리에서 마녀를 색출했
　　　　　　어요. 기억하셔야 해요.

패리스　　　자, 앤 부인, 그 사람들이 그걸 마녀라고 생각한 것뿐
　　　　　　입니다. 하지만 여기에서는 마법이라고 생각할 만한
　　　　　　요소가 하나도 없다고 확신합니다.

퍼트넘　　　뭐, 마법이 아니라고! 이보시오, 패리스 목사…….

패리스   토머스, 토머스, 부탁인데 마법이라고 속단하지 마시
         오. 난 당신이, 누구도 아닌 당신이 내게 그처럼 끔찍
         한 혐의를 씌우지 않으리라는 걸 알고 있어요. 마법이
         라고 속단할 수는 없소. 내 집안에서 그런 타락이 일어
         났다면 마을 사람들은 날 세일럼에서 몰아낼 것이오.

   토머스 퍼트넘에 대해서 한마디. 퍼트넘은 불만에 가득 찬
남자였다. 적어도 그 불만 중 한 가지에는 그럴 만한 근거가
있었다. 얼마 전 처남인 제임스 베일리가 세일럼 목사직에서
떨어진 적이 있었다. 베일리는 모든 자격을 갖추었으며 더욱
이 3분의 2에 달하는 표를 얻었지만 한 파벌이 분명치 않은 이
유로 그의 목사직 임직을 저지했던 것이다.
   토머스 퍼트넘은 마을에서 제일가는 부자의 장남이었다.
그는 나라간세트에서 인디언들과 싸웠으며 교구 행정에 대해
깊은 관심을 갖고 있었다. 특히 주변의 대다수 사람에 대해 지
적인 우월감을 갖고 있던 퍼트넘은 마을 주요 직책인 목사직
에 자신이 추천한 사람을 마을에서 아무렇지 않게 무시한 것
을 보고 명백히 부당한 취급이라 느끼는 중이었다.
   마법 사건이 있기 훨씬 전에도 퍼트넘의 복수심이 강한 성
품이 드러난 바 있었다. 전에 세일럼 목사였던 조지 버로스는
아내의 장례 비용을 치르기 위해 빚을 져야 할 지경이었다. 그
러나 교구에서 봉급을 제대로 지불해 주지 않은 탓에 그는 곧
파산을 하고 말았다. 토머스와 그의 동생 존은 지지도 않은 빚
때문에 버로스를 투옥시켰다. 이 사건에서 중요한 것은 토머

스 퍼트넘의 처남인 베일리에게 거부된 목사직이 버로스에게
갔다는 사실로, 원한 때문에 벌어진 일이라는 것이 명백하다.
토머스 퍼트넘은 자신의 이름과 가문의 영예가 마을 사람들
에 의해 더럽혀졌다고 느꼈으며, 어떻게 해서든 이 일을 바로
잡으려고 했다.

퍼트넘이 원한을 두고두고 품는 인간이라고 믿을 만한 또
다른 이유는 그가 이복동생에게 지나치게 많은 액수를 물려
준 아버지의 유언을 파기하려고 했던 것에서 볼 수 있다. 그가
자기 식대로 밀고 나갔던 공적인 송사가 전부 그랬듯 이 일에
서도 그는 실패했다.

그러므로 그 많은 고소문이 토머스 퍼트넘의 친필로 작성
되었다든가, 초자연적인 증언을 뒷받침하는 증인으로 그의
이름이 자주 나온다든가, 또는 마녀 재판의 가장 적절한 시점
에서 그의 딸이 마녀의 이름을 부르짖는 일에 앞장섰다는 것
은 전혀 놀랄 일이 아니다. 특히 그 시점에 대해서는 앞으로
때가 되면 언급하겠다.

퍼트넘 (이 순간 오직 경멸의 대상일 뿐인 패리스를 몰락시키는 데
   집중하고 있다.) 패리스 목사, 나는 이곳에서 논쟁이 있
   을 때마다 당신 편을 들어 왔고, 앞으로도 그럴 것이
   오. 그러나 만약 이 문제에서 망설인다면, 난 당신 편
   을 들 수가 없소. 아이들에게 손길을 뻗치는 해롭고
   복수심에 찬 악령들이 있단 말이오.

패리스 하지만, 토머스, 당신은 절대…….

퍼트넘   앤! 당신이 겪은 일을 패리스 목사에게 말해 봐.

퍼트넘 부인   패리스 목사님, 전 세례도 받지 못한 아기 일곱을 땅에 묻었어요. 정말이지, 목사님. 제 아기들보다 더 건강한 아기는 못 보셨을 거예요. 그런데 그 애들 모두 태어난 날 밤 제 팔 안에서 시들어 버렸어요. 아무 말도 안 했지만, 제 가슴은 절규했어요. 그런데 지금, 올해 들어서 저의 루스가, 제 하나밖에 없는 아이가 이상하게 변하는 것을 보았어요. 올해 들어 비밀스럽게 굴더니 누군가에게 생기를 빨리기라도 하듯 시들어 가는 거예요. 그래서 루스를 티투바에게 보내기로 마음먹었던 거죠.

패리스   티투바에게라니! 티투바가 대체 뭘 할 수……?

퍼트넘 부인   목사님, 티투바는 죽은 자와 말하는 법을 알고 있어요.

패리스   앤 부인, 죽은 자를 마법으로 불러내는 것은 엄청난 죄악입니다.

퍼트넘 부인   그 벌은 제 영혼에 달아 두죠. 하지만 그 외에 누가 제 아기들을 죽인 자의 정체를 확실히 가르쳐 주겠어요?

패리스   (경악해서) 부인!

퍼트넘 부인   그 애들은 살해당한 거예요, 목사님! 자, 이 증거를 보세요. 이걸 보시라고요! 어젯밤, 루스는 죽은 아기들의 혼령들과 아주 가까이 있었어요. 전 알아요, 목사님. 뭔가 어둠의 세력이 입을 막지 않았다면 대체

뭐가 루스를 얼이 빠지게 해 놨을까요? 이건 아주 놀라운 증거예요, 패리스 목사님!

퍼트넘 그래요, 모르시겠소? 우리 중에 어둠 속에 몸을 숨기고서 살인을 하는 마녀가 있소. (패리스, 베티를 향해 몸을 돌린다. 광란에 가까운 공포심이 솟아난다.) 당신 적들이 이걸 가지고 뭐라 하든, 더 이상 이 문제를 못 본 체해서는 안 되오.

패리스 (애비게일에게) 그렇다면 넌 어젯밤에 혼령을 불러내고 있었구나.

애비게일 (속삭이듯) 제가 아니라…… 티투바와 루스가.

패리스 (새로운 공포에 질려서 몸을 돌린 뒤 베티 쪽으로 걸어가 딸을 내려다본다. 그런 뒤 애비게일을 돌아본다.) 오, 애비게일, 내가 베푼 것에 이 얼마나 합당한 보답이란 말이냐! 나는 이제 끝났어.

퍼트넘 당신은 끝나지 않았다고! 여기서 사태 파악을 잘하시오. 누가 당신을 고발할 때까지 기다릴 게 아니라, 스스로 이 사실을 밝히시오. 당신이 마법을 발견해 낸 것으로…….

패리스 내 집에서 말이오? 이 내 집 안에서요, 토머스? 저들은 이 문제를 가지고 날 쫓아낼 거요! 저들은 이걸 가지고…….

(퍼트넘네 하녀 머시 루이스 등장. 뚱뚱하고 교활하며 잔인한 열여덟 살 처녀다.)

머시   죄송해요. 전 그냥 베티가 어떤가 보러 왔어요.

퍼트넘   왜 집에 있지 않니? 루스와는 누가 있는 거냐?

머시   할머니가 오셨어요. 루스는 좀 나아졌어요, 제가 보기
       엔요……. 좀 전에 세게 재채기를 했어요.

퍼트넘 부인 아, 살아 있다는 말이구나!

머시   주인마님, 전 더 이상 염려 안 해요. 아주 굉장한 재채
       기였어요. 한 번만 더 그런 재채기를 하면 정신이 돌
       아올 게 분명해요.

(베티를 보러 침대로 간다.)

패리스   저, 토머스, 좀 나가 주지 않겠소? 잠시 혼자서 기도하
       고 싶소.

애비게일   아저씨, 자정부터 쭉 기도하셨잖아요. 왜 아래층에
       내려가지 않고…….

패리스   안 돼…… 안 돼. (퍼트넘에게) 내게는 저 회중들에게
       할 답변이 없소. 헤일 목사가 올 때까지 기다리겠소.
       (퍼트넘 부인을 내보내려고 하면서) 이제 괜찮으시면, 앤
       부인…….

퍼트넘   이것 보시오, 목사님. 당신이 악마에 대항한다면, 마
       을 사람들이 당신을 축복할 것이오! 아래층으로 내려
       가 저들에게 말하시오……. 저들과 함께 기도하시오.
       저들은 당신의 말을 갈망하고 있단 말이오, 목사! 분
       명 당신은 저들과 함께 기도를 할 거요.

패리스   (마음이 흔들린다.) 찬송가를 함께 부르겠소. 하지만 아
        직 마법에 대해선 아무 말도 하지 마시오. 그 문제는 토
        론하지 않겠소. 원인이 아직 밝혀지지 않았으니까. 난
        여기 온 이래로 충분히 많은 논쟁을 했어요. 더 이상은
        원치 않소.
퍼트넘 부인   머시, 집에 있는 루스한테 가거라, 알겠니?
머시   네, 마님.

(퍼트넘 부인 나간다.)

패리스   (애비게일에게) 베티가 창가로 달려가려고 하면, 얼른
        나를 큰 소리로 불러라.
애비게일   그럴게요, 아저씨.
패리스   (퍼트넘에게) 베티의 팔 힘이 오늘은 무섭게 세단 말이
        오. (퍼트넘과 함께 나간다.)
애비게일   (당황스러움을 감추며) 루스는 어떻게 아파?
머시   아주 무시무시해. 난 모르겠어……. 어젯밤부터 죽은
        사람처럼 걸어 다녀.
애비게일   (즉시 몸을 돌려 베티에게로 간다. 그리고 나서 두려워하
        는 목소리로) 베티? (베티, 움직이지 않는다. 애비게일, 베
        티를 흔든다.) 이젠 그만해! 베티! 자, 일어나!

(베티, 꼼짝도 않는다. 머시, 다가온다.)

머시 때려 보지 않았니? 루스를 한 대 힘껏 때렸더니 잠깐
은 정신을 차리던걸. 자, 내가 한번 해 볼게.

애비게일 (머시를 막으며) 안 돼, 아저씨가 올라오실 거야. 잘
들어. 저 사람들이 우릴 심문하면, 우린 춤을 췄다고
말해……. 내가 벌써 아저씨께 그렇게 말했거든.

머시 그래. 뭘 더 알고 계셔?

애비게일 아저씨는 티투바가 주문을 걸어서 루스네 자매들을
무덤에서 불러낸 것도 알고 계셔.

머시 그리고 또 뭘 더?

애비게일 네가 알몸인 걸 보셨어.

머시 (놀란 듯 웃으며 손뼉을 치면서) 어머나, 맙소사!

(메리 워렌, 숨이 차서 들어온다. 열일곱 살로, 비굴하고 순진하며 외
로운 처녀다.)

메리 워렌 우린 어떻게 하지? 마을에 다 퍼졌어. 방금 농장에
서 오는데 마을 전체가 마법 얘길 하고 있어! 다들 우
릴 마녀라고 부를 거야, 애비!

머시 (메리 워렌을 손가락으로 가리키면서 바라본다.) 말해 버
리자는 소리군.

메리 워렌 애비, 말해야만 돼. 마법은 교수형에 처해지는 죄야.
이 년 전 보스턴에서 있었던 일처럼 말이야! 우린 사
실을 말해야 돼, 애비! 춤춘 것과 그 밖의 일로는 매만
맞으면 되잖아!

애비게일   그래, 우린 매를 맞을 거야!

메리 워렌   난, 아무 짓도 안 했어, 애비. 난 보기만 한걸!

머시   (위협조로 메리에게 다가서면서) 그래, 보기만 했다니 대단하시군그래. 안 그래, 메리 워렌? 숨어서 훔쳐보기를 다 하고 엄청나게 용감하잖아!

(침대 위에서 베티, 훌쩍거린다. 애비게일, 즉시 베티 쪽으로 몸을 돌린다.)

애비게일   베티? (베티에게 간다.) 자, 베티, 일어나 봐, 애비게일이야. (베티를 일으켜 앉히고 몹시 세게 흔든다.) 때려 줄 거야. 베티! (베티, 훌쩍거린다.) 이런, 좀 낫군. 네 아빠에게 말했어, 모든 걸 다 말했어. 그러니 아무것도…….

베티   (침대에서 재빨리 뛰어내린 후, 애비게일을 두려워하며 벽에 가 바싹 달라붙는다.) 엄마 어딨어!

애비게일   (놀라서 조심스레 베티에게 접근한다.) 어디 아프니, 베티? 너의 엄만 돌아가셨고 무덤에 계셔.

베티   난 엄마한테 날아갈 테야. 날아가게 해 줘! (베티, 두 팔을 벌려서 나는 시늉을 한 다음 창가로 달려가 한 발을 밖으로 내놓는다.)

애비게일   (베티를 창가로부터 끌어당기면서) 너희 아빠에게 모든 것을 말씀드렸어. 너희 아빠 이제 알고 계셔, 우리가 한 모든 것을 알고 계셔…….

베티   넌 피를 마셨어. 애비! 아빠한테 그 말은 안 했지!

애비게일 베티, 다신 그 말을 해선 안 돼! 절대로 해선…….

베티   넌 마셨어, 마셨어! 존 프록터 부인을 죽이려고 마법이 걸린 피를 마셨어! 프록터 부인을 죽이려고 마법이 걸린 피를 마셨어!

애비게일 (베티의 얼굴을 세게 때린다.) 닥쳐! 입 닥치라고!

베티   (침대 위에 쓰러지며) 엄마, 엄마! (하염없이 흐느낀다.)

애비게일 잘 들어. 너희 모두. 우린 춤을 추었어. 그리고 티투바가 루스 퍼트넘의 죽은 자매들 혼령을 불러냈어. 그것이 전부야. 그리고 이 말 명심해. 너희 중 누구라도 그 밖의 일에 대해 한마디라도, 아니 그 비슷한 말이라도 입 밖에 낸다면, 내가 무시무시한 칠흑 같은 밤에 너희를 찾아갈 거야. 그리고 몸서리치게 무서운 벌을 내릴 거야. 내가 그렇게 할 수 있다는 걸 알고 있잖아. 난 인디언들이 내 옆에서 주무시던 사랑하는 부모님의 머릴 박살 내는 걸 봤어. 그리고 밤에 일어난 피비린내 나는 일들도 봤고. 난 너희들이 밤이 오는 걸 결코 보고 싶지 않게 만들 수도 있어! (베티에게로 가서 거칠게 일으켜 앉힌다.) 당장, 너…… 앉아. 그리고 이런 짓은 그만둬!

(그러나 베티는 애비게일 품 안으로 쓰러지면서 침대에 힘없이 눕는다.)

메리 워렌 (신경질적으로 놀라며) 왜 저러지? (애비게일, 놀라서

베티를 응시한다.) 애비, 베티가 죽으려고 해! 마법을
쓰는 건 죄악이야, 그리고 우린…….

애비게일 (메리를 향해 다가가며) 입 닥치라고, 메리 워렌!

(존 프록터 등장. 메리 워렌은 그를 보고 놀라서 벌떡 일어선다.)

프록터는 30대 중반의 농부다. 그는 읍내의 어떤 파벌에도
가담할 필요가 없었으나 위선자들에 대해서는 날카롭고 신랄
한 태도를 고수했다는 것을 보여 주는 증거가 있다. 강인한 신
체와 차분한 성격에 쉽게 동요하지 않는 그는 파벌에 속한 이
들에 대해 지지를 거부할 때면 심한 적의를 불러일으키는 류
의 사람이다. 어리석은 자가 프록터 앞에 서면 자신의 어리석
음을 곧바로 깨닫게 되었다. 프록터 같은 부류는 언제나 중상
모략의 표적이 된다.

하지만 지금부터 보게 될 텐데, 그의 침착한 태도는 평온한
마음에서 우러나온 것이 아니다. 그는 죄인이다. 당대의 도덕
적 규범을 어겼을 뿐만 아니라, 품위 있는 행동에 대한 주관을
저버린 죄인이다. 당시 세일럼 주민들에게는 죄를 씻어 내는
의식(儀式)이 없었다. 이 역시 우리가 그들로부터 물려받은 또
다른 기질이다. 이 기질은 우리를 강하게 하기도 했지만 한편
으로 우리 안의 위선을 키웠다. 세일럼에서 존경과, 심지어 두
려움의 대상이기도 했던 프록터는 자신을 일종의 위선자라고
간주하기에 이르렀다. 그러나 이런 기색은 아직 표면상으로
는 드러나지 않았다. 회중이 들어찬 아래층 응접실에서 이 방

으로 올라온 프록터는 조용한 자신감과 숨은 저력을 지닌, 한창때의 남자이다. 그의 하녀인 메리 워렌은 당황하고 무서워 겨우 말한다.

메리 워렌 아, 집에 막 가려던 참이었어요, 주인님.

프록터 바보 같으니, 메리 워렌, 귀가 먹었어? 내가 너더러 집에서 나가지 말라고 했지, 안 그래? 내가 너에게 돈을 왜 주는데? 소를 찾으러 다니는 것보다 널 찾으러 더 자주 다닌다고!

메리 워렌 전 그냥 놀랄 만한 일을 구경 온 것뿐이에요.

프록터 조만간 네 엉덩이를 놀랄 만큼 세게 차 줄 테다. 이젠 집에 가라. 집사람이 네가 와서 일하기를 기다리고 있어! (한 조각의 품위라도 지키고자 애쓰며 메리, 천천히 나간다.)

머시 (프록터에게 겁을 먹은 한편, 묘하게 들뜬 채) 나도 가는 게 좋겠어. 가서 루스를 돌봐야 하니까. 안녕히 계세요, 프록터 씨.

(머시, 옆걸음으로 나간다. 프록터의 등장 이후 애비게일은 기대에 차서 두 눈을 크게 뜨고 그에게 집중한 채 서 있다. 프록터는 그녀를 흘긋 쳐다본 다음 침대에 있는 베티에게로 간다.)

애비게일 아! 얼마나 강한 분인지 거의 잊었지 뭐예요, 존 프록터!

프록터   (애비게일을 바라보며, 뭔가 알겠다는 미소를 아주 희미하게 떠올린다.) 이게 무슨 못된 장난이지?

애비게일   (신경질적으로 웃으며) 뭐, 그저 이 애가 바보 같은 짓을 하는 거죠.

프록터   아침 내내 우리 집 앞으로 난 길은 세일럼으로 가는 순례 길이었어. 온 마을이 마법 이야기를 하고 있더군.

애비게일   오, 어쩜! (애교 있게 조금 더 가까이 다가가, 비밀스럽고 장난스러운 태도로) 저희는 어젯밤 숲 속에서 춤을 추고 있었어요. 그리고 아저씨가 우리한테 달려들었죠. 베티는 겁을 잔뜩 먹었고, 그게 다예요.

프록터   (미소가 점점 번지면서) 아, 넌 아직도 장난꾸러기구나, 그렇지! (그녀에게서 기대에 찬, 떨리는 웃음소리가 흘러나온다. 대담하게 좀 더 가까이 다가온다. 열정적으로 프록터의 눈을 보면서.) 넌 스무 살도 되기 전에 형틀에 묶이게 될 거다. (프록터, 가려고 하자 애비게일, 앞을 막아선다.)

애비게일   한마디만 해 줘요, 존. 다정한 말을. (그녀의 응집된 욕망이 프록터의 미소를 지운다.)

프록터   아니, 안 돼, 애비. 그건 끝난 일이야.

애비게일   (조롱하듯) 당신이 바보 같은 계집애가 날아가는 걸보러 오 마일이나 걸어왔단 말이에요? 전 당신을 그보단 더 잘 알아요.

프록터   (단호하게 자기 앞에서 밀쳐내며) 난 네 아저씨가 무슨 못된 짓을 꾸미고 있는지 보러 왔을 뿐이야. (마지막으로 강조하면서) 그런 생각은 버려, 애비.

애비게일 (프록터가 그녀의 손을 놓기 전에 그의 손을 잡으며)
존…… 전 매일 밤 당신을 기다려요.

프록터 애비, 난 네게 기다리라고 희망을 준 적이 결코 없어.

애비게일 (화가 치미는 동시에 그 말을 믿지 못한다.) 희망보다는
더한 걸 갖고 있다고 생각하는데요!

프록터 애비, 그 일은 잊어야 해. 난 더 이상 너를 찾지 않을
거야.

애비게일 저를 놀리고 계시는 것이 분명해요.

프록터 넌 그보단 나를 잘 알잖아.

애비게일 당신 집 뒤꼍에서 당신이 제 등을 어떻게 끌어안았
는지, 제가 옆에 있을 때마다 어떤 식으로 수말같이
땀을 흘렸는지 전 알고 있어요! 아니면 제가 꿈이라
도 꾼 걸까요? 절 내쫓은 건 당신 부인이에요. 당신이
그랬던 것처럼 해선 안 되는 거였어요. 부인이 절 내
보낼 때 당신 얼굴을 봤어요. 당신은 그때 절 사랑했
고 지금도 사랑한다고요!

프록터 애비, 무슨 그런 미친 소릴…….

애비게일 미친 사람이 미친 사람 같은 말을 할 수도 있죠. 그
러나 뭐 그리 미친 소리는 아닌 것 같은데요. 당신 부
인이 절 쫓아낸 이후로 전 당신을 보아 온걸요. 밤마
다 당신을 보았어요.

프록터 지난 칠 개월 동안 내 농장 밖으로 나온 적이 거의
없어.

애비게일 존, 전 열기를 느낄 수 있었어요. 당신의 열기가 저를 창가로 이끌었어요. 그리고 당신이 고독 가운데 불타오르며 올려다보는 모습을 봤다고요. 제 창문을 올려다본 적 없다고 하실 참이에요?

프록터 쳐다봤을 수도 있지.

애비게일 (그제야 누그러들면서) 그래요. 당신은 틀림없이 봤어요. 당신은 냉담한 사람이 아니에요. 전 당신을 알아요, 존. 당신을 안다고요. (흐느낀다.) 꿈 때문에 잠들 수가 없어요. 꿈만 꾸면 자리에서 일어나 집 근처를 돌아다녀요. 당신이 어느 문인가로 들어오기라도 할 것처럼요. (필사적으로 프록터를 붙든다.)

프록터 (부드럽게 밀어내고는, 몹시 가엾어하면서도 단호한 태도로) 얘야.

애비게일 (갑자기 화를 내며) 어떻게 저를 애처럼 부를 수 있어요!

프록터 애비, 어떨 때에는 내가 네게 반했다고 할 수도 있겠지. 하지만 내가 또다시 니에게 접근한다면 나는 내 손을 자르겠다. 그런 생각은 썩 지워 버려. 우린 아무런 관계도 없었던 거다, 애비.

애비게일 아니, 있었어요.

프록터 아니야, 없었어.

애비게일 (격렬하게 분노하며) 참 이상도 하지, 어떻게 저런 건강한 남자가 그런 병든 여편네를……

프록터 (화를 낸다. 자신에 대한 화이기도 하다.) 엘리자베스에 대해선 말하지 마!

애비게일 그 여자가 마을에서 내 이름에 먹칠을 하고 다닌다고
요! 나에 대한 거짓말을 하고 있어요. 냉랭하고 청승맞
은 여편네인데, 당신이 그 여자한테 정신을 쏟다니! 그
여자더러 당신을 흥분시켜 보라고 해요. 마치…….

프록터 (애비를 흔들며) 맞고 싶으냐?

(아래층에서 찬송가 소리가 들린다.)

애비게일 (눈물을 글썽이며) 저는 저를 잠에서 깨워 가슴속에
지식을 넣어 준 존 프록터를 찾고 있어요! 저는 세일
럼이 겉치레뿐이라는 걸 몰랐어요. 이 모든 기독교
도 여자들과 그들에게 계약으로 묶인 남자들에게 배
운 게 거짓 교훈뿐이라는 걸 결코 몰랐다고요! 그런
데 이제 당신이 절더러 제 눈앞의 빛을 없애라는 건가
요? 그렇게 하지 않을 거예요. 그렇게 할 순 없어요!
당신은 절 사랑했어요, 존 프록터. 그리고 설령 죄가
될지언정 당신은 아직 절 사랑해요! (프록터, 갑자기 몸
을 돌려 나가려고 한다. 애비게일, 그에게 달려간다.) 존,
날 가엾게 여겨 줘요, 불쌍히 생각해 줘요!

("주께로 갑니다."라는 찬송가 구절이 들린다. 베티, 갑자기 두 귀를
막으면서 큰 소리로 흐느낀다.)

애비게일　베티? (베티에게 급히 다가간다. 베티는 일어나 앉아서 비명을 지르고 있다. 애비게일이 "베티!"라고 부르며 그녀의 손을 끌어내리려고 할 때, 프록터가 베티에게로 간다.)

프록터　(진이 빠진 듯) 이 애가 왜 이러지? 애야, 어디가 아프니? 그만 울어!

(그러던 중 찬송가 소리가 멈추고 패리스가 급히 들어온다.)

패리스　무슨 일이냐? 저 애한테 뭘 한 거야? 베티!

("베티, 베티!" 하고 외치며 패리스가 침대로 달려간다. 호기심에 상기된 퍼트넘 부인이 들어온다. 부인과 함께 퍼트넘과 머시 루이스도 들어온다. 침대 곁에서 패리스는 베티의 얼굴을 계속 가볍게 때린다. 베티는 신음 소리를 내며 일어나려고 애쓴다.)

애비게일　얘가 찬송가 소리를 듣더니 갑자기 일어나 소리를 질렀어요.

퍼트넘 부인　찬송가! 찬송가라고! 주님의 이름을 들으니 견딜 수가 없는 거지!

패리스　아니오, 제발 그런 소리 하지 마시오. 머시, 의사 선생님한테 달려가거라! 의사 선생님한테 여기서 일어난 일을 말해! (머시 루이스 달려 나간다.)

퍼트넘 부인　이걸 증거로 잘 봐 두세요. 잘 봐 둬요!

(일흔두 살의 레베카 너스가 들어온다. 머리는 하얗게 세었으며 지팡이에 몸을 의지하고 있다.)

퍼트넘   (훌쩍이는 베티를 가리키면서) 마법이 일어났을 때의 악
         명 높은 증거죠, 너스 부인. 놀랄 만한 증거입니다!
퍼트넘 부인   제 어머니도 그렇게 말했어요! 주님의 이름이 들
         리는 것을 참지 못할 때에는…….
패리스   (떨면서) 레베카, 레베카, 저 애한테 가 보세요. 우리는
         끝장났습니다. 저 애는 갑자기 주님의 이름을 듣지 못
         하게…….

(여든세 살의 자일스 코리가 들어온다. 근육으로 마디진 몸에, 빈틈
없고 호기심이 강하며 아직 정정하다.)

레베카   자일스 코리, 여기 중병 환자가 있으니 부디 정숙하
         세요.
자일스   난 한마디도 안 했다고. 여기 있는 누구도 내가 말을
         했다고 증언할 순 없을 거야. 이 애가 또 날아오르려
         는 거요? 날아오른다는 소릴 들었는데.
퍼트넘   노인장, 조용히 하시오!

(주위가 온통 잠잠하다. 레베카가 방을 가로질러 침대로 걸어간다.
그녀에게서 온유함이 배어 나온다. 베티는 눈을 감은 채 조용히 훌
쩍거린다. 레베카는 다만 아이를 내려다보며 서 있을 뿐이다. 베티는

점차 조용해진다.)

　모두 이 일에 정신이 팔린 동안 레베카에 대해 조금 살펴볼 수 있을 것이다. 레베카는 프랜시스 너스의 부인으로, 프랜시스 너스는 분쟁이 일어난다 해도 양측 누구나 존중해야 할 그런 사람 중 하나이다. 프랜시스는 비공식적인 판사처럼, 분쟁을 중재해 달라는 요청을 받곤 했다. 레베카 역시 대다수 사람들이 남편에게 보이는 좋은 평가를 즐기고 있었다. 그 미혹의 시기에 그들은 300에이커에 달하는 토지를 소유하고 있었고, 자녀들도 같은 경작 지대 안에서 독립 농가에 정착해 있었다. 하지만 프랜시스는 원래 그 땅을 임대했던 것으로, 일설에 따르면 그가 점차로 빚을 갚아 가고, 사회적 지위가 높아지자 출세를 시기하는 사람들이 있었다고 한다.

　레베카를 향한, 그리고 추정하건대 프랜시스를 향한 조직적인 반대 운동을 설명할 수 있는 또 다른 실마리는 프랜시스가 이웃들과 벌인 토지 싸움이다. 그중 한 사람은 퍼트넘 집안 사람이었다. 사소한 말다툼은 삼림 지대에서 일어난, 양쪽 파벌 사람들 간의 싸움으로 비화되었으며, 그 싸움은 이틀간이나 계속됐다고 한다. 레베카 본인에 관해서 말하자면, 그녀의 인격에 대한 일반적인 평판이 매우 높았기 때문에 어떻게 감히 그녀를 마녀로 몰아칠 수 있었는지(어떻게 어른들마저 그녀에게 폭행을 가할 수 있었는지)를 설명하기 위해서는 그 시대 토지와 경계선을 면밀히 살펴야 한다.

　우리가 아는 바와 같이, 토머스 퍼트넘이 세일럼 교구 목사로 힘을 실었던 사람은 베일리였다. 너스 일가는 베일리가 교구 목사로 취임하는 것을 방해한 파벌에 속해 있었다. 또한 혈연이나 친분에 따라 너스 가와 가깝거나 너스 가의 농장에 인접해 있는 몇몇 가구가 단결하여 세일럼 마을의 체제에서 이탈한 톱스필드 마을을 세웠는데 세일럼에서 오래 산 사람들은 이 새로운 독립 체제의 존재에 분개했다.

고발 사태의 배후에 퍼트넘의 손길이 작용했다는 것은 고발이 시작되자 톱스필드의 너스 일파가 이에 대한 항의와 불신에서 교회에 나오지 않은 사실로도 알 수 있다. 레베카에 대한 첫 번째 고소장에 서명을 한 사람은 에드워드 퍼트넘과 조너선 퍼트넘이었다. 그리고 법정 심문 때 발작을 일으키며 자신을 습격한 사람으로 레베카를 지목한 사람은 토머스 퍼트넘의 어린 딸이었다. 이 모든 것을 능가하는 것은, 퍼트넘 부인이 (지금은 침대에 정신을 잃은 채 누워 있는 소녀를 응시하고 있는) 얼마 안 가 하게 될 고발이었다. 그녀는 레베카의 혼령이 "자신에게 부정한 행위를 하도록 유혹했다."라고 말했던 것이다. 이 고발은 퍼트넘 부인으로서는 인식하지 못한 진실을 그 안에 담고 있었다.

퍼트넘 부인 (깜짝 놀라서) 당신 무슨 짓을 한 거예요?

(레베카, 생각에 잠긴 채 침대 곁을 떠나 의자에 가 앉는다.)

패리스 (어리둥절해하면서도 한숨 놓으며) 부인, 어찌 된 영문이라고 생각하십니까?

퍼트넘   (간절히) 너스 부인, 내 딸 루스에게 가서 그 앨 깨울
         수 있는지 봐 주지 않으시겠소?

레베카   (앉아서) 시간이 되면 깨어날 거예요. 제발 진정들 해
         요. 난 자식만 열하나고 손자 녀석이 스물여섯이나 돼
         요. 그리고 그 애들 모두 말썽꾸러기 시기를 거치는
         걸 봐 왔지요. 아이들이란 때가 되면 못된 짓을 하느
         라고 악마처럼 안짱다리 흉내를 내며 돌아다니는 법.
         이 애도 장난에 싫증이 나면 깨어날 거랍니다. 아이들
         기분이란 그야말로 아이들 같아서 잡겠다고 쫓아다
         녀도 별 수 없어요. 그저 가만히 기다리고 사랑해 주
         면 금방 돌아올 거예요.

프록터   그렇습니다. 맞는 말씀입니다. 레베카.

퍼트넘 부인   지금은 그런 때가 아니에요, 레베카. 우리 루스는
         정신을 못 차리고 있다고요. 먹지도 못 해요.

레베카   그렇담, 아직 배가 고프지 않은 게로군. (패리스에게)
         목사님, 저는 목사님께서 악령을 색출하겠다고 나서
         지 않기를 바라요. 아까 그런 말씀 하시는 걸 밖에서
         들었는데.

패리스   우리들 가운데 악마가 있을지 모른다는 이야기가 교
         구 내에 널리 퍼져 있습니다. 나는 모두에게 그게 틀
         렸다는 걸 믿게 하려고 합니다.

프록터   그러면 나와서 그렇다고 말해 보시오. 악마를 찾으라
         며 그 목사를 부르기 전 교회 위원들하고 상의는 하

셨소?

패리스   그는 악마를 찾아내려고 오는 것이 아니오!

프록터   그렇다면 뭣 때문에 오는 거지?

퍼트넘   이봐요, 마을에선 애들이 죽어 가고 있소!

프록터   난 죽어 가는 아이는 보지 못했소. 이 공동체는 당신 마음대로 흔들 수 있는 주머니가 아니오, 퍼트넘 씨. (패리스에게) 사전에 회의를 소집했소?

퍼트넘   회의라면 신물이 납니다. 회의를 안 하면 고개도 돌릴 수 없단 소리요?

프록터   고개야 돌릴 수 있을지 모르지. 그러나 지옥 쪽으로 고개를 돌려선 안 될 거요!

레베카   제발, 존, 진정해요. (다들 움직임을 멈춘다. 프록터, 레베카의 말에 따른다.) 패리스 목사님, 헤일 목사님이 오시는 대로 되돌려 보내는 것이 상책이라고 생각해요. 그분이 오면 마을에서 모두가 논쟁에 휩싸일 거예요. 올해는 평화롭다고 생각했는데. 지금은 의사에게 일을 맡기고 기도나 열심히 드려야 한다고 봐요.

퍼트넘 부인   레베카, 의사도 어찌할 바를 모르고 있어요!

레베카   그렇다면, 그 이유를 알기 위해 하느님께 갑시다. 악령을 색출하는 일에는 엄청난 위험이 있지요. 난 그게 두려워요, 두렵다고요. 차라리 우리 자신을 책망하고…….

퍼트넘   어떻게 우리 자신을 책망할 수 있소? 난 아홉 형제 중의 하나요. 이 일대는 퍼트넘 후예들로 이루어졌소. 그런데 내게는 여덟 명의 자식 중 단 한 명만 남아 있소……. 그런데 그 아이가 시들어 가고 있단 말이오!

레베카 　왜 그런지는 알 수 없군요.

퍼트넘 부인 　(점차 비아냥거리며) 하지만 난 알아내야겠어요! 당신은 자식 손자 단 하나도 결코 잃은 적이 없는데, 난 하나만 남기고 자식 모두를 땅에 묻은 것이 하느님 뜻이라고 생각하세요? 이 마을엔 뭔가 복잡한 사정이 있고 시련과 고난이 일고 있어요!

퍼트넘 　(패리스에게) 헤일 목사가 오면 이곳에서 마법이 역사한 증거를 찾아내도록 하시오.

프록터 　(퍼트넘에게) 당신이 패리스 목사에게 명령을 내릴 수는 없소. 이 마을에서는 경작지 넓이가 아니라 자기 이름에 따라 투표해서 결정하니까.

퍼트넘 　이 마을 일에 대해 당신이 이처럼 염려하는 것을 들어본 적이 없군요, 프록터 씨. 눈발이 날린 이래 당신을 주일 예배에서 만난 적이 없는 것 같은데.

프록터 　목사가 지옥 불이며 피비린내 나는 저주에 대해 설교하는 걸 들으러 오 마일이나 걸어오는 것 말고도 골치아픈 일이 많거든. 패리스 목사, 잘 새겨들으시오. 당신이 하느님에 대한 말을 거의 하지 않기 때문에 요즘 사람들이 교회에 나오지 않고 있어요.

패리스 　(화를 내며) 뭐라고? 그거야말로 심각한 비난이오!

레베카 　일리가 있어요. 많은 사람들이 애들을 데려오길 겁내고 있어요…….

패리스 　부인, 난 애들이 들으라고 설교를 하는 것이 아닙니다. 성직자에 대한 의무를 등한시하는 자들은 애들이 아니지요.

레베카   정말로 그런 사람들이 있단 말인가요?

패리스   세일럼 마을 사람의 태반은 그렇다고 말할 수 있지요.

퍼트넘   그보다 더 많아요!

패리스   내 장작은 어디 있습니까? 고용 계약서에 따르면 나는 땔감을 공급받기로 되어 있어요. 나는 11월부터 장작이 오기만을 기다리고 있습니다. 심지어 11월이 된 후에도 런던의 거지처럼 꽁꽁 언 손을 보여야 했단 말입니다!

자일스   패리스 목사, 당신은 일 년에 6파운드씩 땔감 비용을 지급받고 있소.

패리스   그 6파운드는 내 봉급의 일부라고 생각합니다. 6파운드를 땔감 사는 데 쓰지 않아도 봉급은 충분하지 않아요.

프록터   60파운드에 땔감 비용을 6파운드 더하면…….

패리스   프록터 씨, 내 봉급은 66파운드요! 난 옆구리에 성서나 끼고 다니는 농사꾼 목사가 아니란 말이오. 난 하버드 대학 출신이오.

자일스   암, 그렇고말고. 숫자 셈하는 법도 잘 아시는!

패리스   코리 씨, 연봉 60파운드에 나 같은 사람을 구하려면 힘들 겁니다! 난 이런 가난에는 익숙지 않아요. 난 하느님께 봉사하기 위해 바베이도스에서 번창하던 사업을 그만둔 사람입니다. 왜 내가 여기서 박해를 받아야 하는지 모르겠어요. 제안 하나만 해도 논란이 아우성처럼 일어나고 말이죠. 난 가끔씩 어딘가 악마가 있어서 이렇게 된 게 아닌가 생각해 봅니다. 그게 아니라면 당신네들을 이해할 수 없어요.

프록터 패리스 씨, 당신은 이 집의 집문서를 요구한 최초의 목사요.

패리스 이보시오, 목사는 살 집을 가질 권리도 없단 말입니까?

프록터 살 집이라면, 물론 있고말고요. 그러나 소유권을 요구하는 것은 마치 당신이 예배당을 소유하는 것과 같소. 내가 지난번 참석했던 예배 때 당신이 하도 오랫동안 증서니 저당권에 대해 말을 해서 난 예배당이 경매장이 아닌가 생각했소.

패리스 나는 신뢰의 표식을 원하오. 그것이 전부요! 나는 지난 칠 년 동안 여기 부임한 세 번째 목삽니다. 나는 주류 파벌의 기분이 바뀔 때마다 고양이처럼 쫓겨 가고 싶지 않소. 당신네들은 목사가 교구 안에 있는 하느님의 사자라는 것을 알지 못하고 있는 것 같소. 목사에게 그렇게 가볍게 거역하거나 반대해선 안 되오…….

퍼트넘 옳소!

패리스 순종을 하든 아니면 지옥 불처럼 교회가 불타 버리든 둘 중 하나요!

프록터 지옥에 떨어진다는 말 빼고 당신은 단 일 분도 말을 할 수가 없나? 난 지옥이라면 지긋지긋하오!

패리스 당신 듣기 좋은 말만 할 수는 없어요!

프록터 나도 진심을 말할 수는 있다고 생각하는데!

패리스 (격노하여) 뭐? 우리가 퀘이커* 교도란 말이오? 여기
　　　　있는 우린 아직 퀘이커 교도가 아니오, 프록터 씨. 그
　　　　점은 당신 추종자들에게 말해 줘도 좋소!

프록터 내 추종자들이라니!

패리스 (이제 본심이 밝혀진다.) 이 교회 안엔 당파가 있소. 난
　　　　장님이 아니오. 파벌과 당파가 있소.

프록터 당신에 반대해서 말이오?

퍼트넘 목사와 모든 권위에 대항해서!

프록터 그렇군, 그렇다면 그 당파를 찾아서 거기에 가담해야
　　　　겠구먼!

(모두가 충격을 받는다.)

레베카 저이가 정말 그런 뜻으로 말한 건 아니에요.

퍼트넘 이제야 자백을 하는군!

프록터 레베카, 난 진지하게 말한 거예요. 나는 이 '권위'의
　　　　냄새가 싫습니다.

레베카 안 돼요. 목사님과의 관계를 끊을 수는 없어요. 당신도
　　　　마찬가지예요. 목사님과 악수를 하고 화해를 하세요.

프록터 난 파종을 하고 벌채한 나무를 집으로 끌어와야 합니

---

* 조지 폭스(George Fox, 1624~1691)가 창시한 기독교 교파인 우애회(Society
of Friends) 회원으로 비형식적인 예배를 보며 절대 평화주의를 지킨다.

다. (성이 나서 문 쪽으로 걸어가다가 코리를 향해 미소를 띠고서) 어떻습니까, 자일스 영감님, 같이 그 파벌이라는 걸 찾아봅시다. 목사 말에 그런 게 있다니.

자일스 존, 이분에 대한 내 생각이 바뀌었네. 패리스 목사, 미안하오. 난 당신이 이렇게 굳건한 마음을 가진 분인 줄 몰랐소.

패리스 (놀라워하며) 아, 감사하오. 자일스 씨!

자일스 요 몇 해 동안 우리들 사이에 있었던 문젯거리들이 생각나는군. (모두를 향해) 생각해 봅시다. 왜 다들 서로를 고소하는 거지? 이젠 생각해 보자고. 구덩이 속처럼 깊고도 앞이 깜깜한 문제요. 올 들어 난 여섯 번이나 법정에 섰어요…….

프록터 (자일스가 인내심의 한계를 느끼리라는 것을 알면서도 친숙하고 따스한 어조로) 영감님께 아침 인사를 하면 명예 훼손죄에 걸려드는 것도 악마의 장난이오? 자일스 영감님, 당신은 늙었어요. 게다가 듣는 것도 예전만 못 하고요.

자일스 (싫은 소리를 견디지 못하며) 존 프록터, 자네가 공공연히 내가 자네 집 지붕을 태웠다고 말해서 내가 4파운드 배상을 받은 게 바로 지난달 일이야. 그리고 난…….

프록터 (웃으면서) 난 결코 그런 말 한 적이 없어요. 하지만 거기에 대해선 영감님에게 셈을 치렀지. 그러니 영감님이 귀먹었다는 말을 무료로 할 수 있기 바라요. 자, 자일스 영감님, 함께 가서 벌채한 나무를 집으로 들여오는 걸 도와주시죠.

퍼트넘 잠깐만, 프록터 씨, 당신이 끌어가려는 나무가 어떤 건지 물어봐도 되겠소?

프록터 내 나무요. 강가에 있는 내 숲에서 가져올 거요.

퍼트넘 아니, 올해는 정말이지 다 미쳐 돌아가는군. 이게 도대체 무슨 무법천지란 말이오. 그 구역은 내 땅 경계 안에 있소. 내 경계 안에 말이오, 프록터 씨.

프록터 당신 경계선 안이라고! (레베카를 가리키면서) 나는 그 구역을 다섯 달 전에 너스 부인의 남편에게서 샀소.

퍼트넘 그 사람에게는 그 땅을 팔 권리가 없소. 우리 조부의 유언에 분명하게 돼 있어요. 근처 모든 땅이, 그러니까 강과…….

프록터 분명히 해 두겠소만, 당신네 조부께서는 자기 소유가 아닌 땅을 유언하는 습관이 있으셨군요.

자일스 진짜 그래. 그 사람은 거의 북쪽의 내 목장까지도 유언에 넣을 뻔했지. 허나 내가 자기 손가락을 부러뜨릴까 봐 서명하지는 않았더군. 존, 이제, 자네 나무를 집으로 가져가세. 갑자기 일할 의욕이 생기는걸

퍼트넘 내 참나무 한 그루라도 가져가려면 싸워야 할 거요!

자일스 그래, 그러면 우리가 이길걸, 퍼트넘…… 이 바보와 내가 말이야. 자, 가세! (프록터 쪽으로 돌아서서 걸어간다.)

퍼트넘 우리 집 하인들을 당신한테 보내겠소, 코리! 당신한테 영장을 발부하겠소.

(비벌리의 존 헤일 목사 나타난다.)

헤일 목사는 마흔 살 언저리인 피부가 팽팽하고 눈매가 날카로운 지식인이다. 이번 일은 헤일 목사가 가장 선호하는 일이다. 마법을 확인하기 위해 초청되었을 때 그는 자신의 특별한 지식이 마침내 공적으로 요청된 데 대해 전문가로서 자부심을 느꼈다. 대부분의 학자들과 마찬가지로 헤일 목사도 거의 모든 시간을 눈에 보이지 않는 세계에 대해 숙고하면서 보냈다. 특히 얼마 전에 자신의 교구 안에서 마녀와 대면하고 나서부터는 더욱 그러했다. 그러나 헤일 목사가 면밀히 조사한 결과 그 여자는 그저 단순히 골치 아픈 인간으로 판명되었고 그녀가 괴롭혔다는 어린아이도 헤일 목사가 자기 집에서 이삼 일간 쉬도록 하고 따스하게 돌봐 주자 정상으로 회복되었다. 그렇지만 이 경험은 헤일 목사의 마음속에 저 아래 세계의 실재 또는 천의 얼굴을 한 사탄의 수하들에 대한 의심을 조금도 불러일으키지 않았다. 그의 믿음이 불명예스러운 것은 아니다. 헤일 목사보다 더 뛰어난 정신의 소유자들 역시 (지금도 여전히) 보이지 않는 곳에 악령들의 세계가 있음을 확신하고 있었다. 우리는 이 연극을 본 관객들 사이에서 헤일 목사가 말하는 어떤 대사 한 구절이 단 한 번도 웃음을 유도하지 못했다는 것에 주목하지 않을 수 없다. 그 대사는 "이 문제에 있어서 미신에 의지할 수는 없습니다. 악마는 치밀합니다."라는 헤일 목사의 확신이다. 분명 우리는 오늘날에도 악마 숭배가 신성하며 비난받지 말아야 할 일인지 아닌지조차 확신할 수 없다.

따라서 우리가 곤혹스러워하는 것도 당연하다.

헤일 목사와 무대 위의 다른 사람들처럼, 우리는 악마에 대해 훌륭한 우주관에 필요한 부분이라고 인식한다. 우리의 세계는 양분된 왕국으로, 어떤 류의 이념이나 정서, 행동은 하느님에게 속한 것이고, 그것들의 반대는 사탄에게 속해 있다. 대부분의 사람들에게 죄가 존재하지 않는 도덕에 대한 생각은 하늘이 없는 땅에 대한 생각만큼이나 불가능하다. 1692년 이래로 거대하지만 피상적인 변화가 하느님의 수염과 악마의 뿔을 일소시켰으나, 이 세상은 여전히 두 개의 상반되는 절대자들 사이에 붙들려 있다. 긍정과 부정이 동일한 힘의 속성이라는 통일성(선과 악이 상대적이고 끊임없이 변화하며 언제나 동일한 현상에 결합한다는)의 개념은 여전히 자연과학, 그리고 사상사를 견지하는 소수의 사람들에게 남아 있다. 기독교 시대 이전까지는 하계(下界)가 결코 인간에게 적대적인 세계로 간주되지 않았으며, 모든 신들이 유용한 존재이고, 이따금 실수를 함에도 불구하고 본질적으로는 인간에게 우호적이었다는 것을 상기해 보면, 그리고 기독교가 인류에게 인간의 무가치함(구원받을 때까지는)을 꾸준히 조직적으로 주입해 온 사실을 보면, 악마란 인간을 채찍질하여 특정한 교회나 교회 국가에 굴복시키기 위해 시대를 막론하고 계속해서 고안되고 사용된 무기로서 필요했다는 것이 분명해질 것이다.

우리가 악마의 정치적인 감화력(더 적절한 표현이 없으므로)을 신뢰할 수 없는 것은 악마가 대체로 우리 사회의 적대자들뿐만 아니라 무엇 때문이건 간에 우리 측에 의해서도 호출되고 저주받기 때문이다. 가톨릭교회는 종교 재판을 통해서 사탄을 하느님 최대의 적으로 장려해 온 것으로 유명하다. 그러나 교회의 적들도 인간의 마음을 사로잡기 위해서 그에 못지 않게 사탄에게 의존했다. 루터 자신도 지옥과 결탁했다는 비난을 받았고, 루터도 그의 적들을 똑같은 이유로 비난했다. 이 문제를 더욱 복잡하게 만든 것은 루터가 자신이 악마와 접촉을 가졌으며 신학적 논쟁을 했다고 믿었다는 데 있다. 나는 이 같은 사실에 놀라지 않는다. 왜냐하면 내가 다니던 대학의 한 역사학 교수(어쨌거나, 그는 루터교도였다.)는 대학원 학생들을 모아 놓고, 커튼을 친 후, 교실에서 에라스무스를 불러내 대화를 했기 때문이다. 내가 아는 한 그 교수는 그런 행위에 대해 공식적으로 비난받지 않았다. 그 이유는 우리들 대부분과 마찬가지로 대학 당국자들이 아직까지도 악마의 젖꼭지를 빨고 있는 역사의 자손들이기 때문이다. 이 글을 쓰는 지금, 오로지 영국만이 현대의 악마 숭배에서 자유롭다. 공산주의 이데올로기를 믿는 나라에서는 약간이라도 중요한 저항 행위는 모조리 자본주의라는 사악한 마녀와 결부되어 있고, 미국에서는 보수적인 견해의 소유자가 아니라면 붉은 지옥과 동맹을 맺고 있다는 비난을 공공연히 받게 된다. 그러므로 정치적 반대는, 비인간성으로 도금된 다음 정상적으로 이루어져 왔던 문명화된 교류 습관들을 철폐하는 것을 정당화한다. 정치적인 정책은 도덕적 권리와 동급이고, 그걸 반대하는 것은 악마적인 악의와 동급이 된다. 일단 이 같은 등식이 효과적으로 맺어지면, 사회는 책략과 대항의 집적으로 변하며, 정부의 주된

역할은 중재자에서 하느님의 응징으로 바뀐다.

이 과정의 결과란 예나 지금이나 달라진 것이 없다. 가끔 가해지는 잔인함의 수위가 달라지고 주관하는 곳 역시 항상 같지는 않지만 말이다. 제대로라면, 사회가 망설임 없이 판단할 수 있는 것은 한 사람의 행동과 행위에 대한 것이 전부이다. 행동의 비밀스러운 의도는 목사나 사제, 랍비들이 다루면 될 일이었다. 그러나 악마 숭배가 일어나면, 행동이란 인간의 진정한 품성을 나타내는 데 있어서 가장 중요하지 않은 증거가 된다. 헤일 목사의 말대로 악마는 교활한 자이며, 타락하기 한시간 전까지만 하더라도 하느님마저 천국에서 그를 아름답다고 생각하셨던 것이다.

그러나 이 같은 유추는, 옛날에 마녀들에게 실체가 없었던 반면, 오늘날 공산주의자와 자본주의자는 실재하며, 각각의 진영에서 첩보원을 통해 상대를 전복시키려는 활동을 한다는 확증이 있다는 점을 생각해 볼 때 흔들리게 된다. 하지만 이것은 속물적인 반대일 뿐 사실에 의해 보증되고 있는 것이 아니다. 나는 세일럼 주민들이 악마와 친교를 맺고 있었으며, 심지어는 숭배했다는 것을 의심하지 않는다. 만일 이 사건에서 다른 경우들처럼 그 진상을 파악할 수만 있다면 우리는 정기적이고도 관습적인 악령의 화의(和議)에 대해 알아내야만 한다. 이에 대한 확실한 증거는 첫 번째로 패리스 목사의 노예인 티투바의 자백이고 또 다른 것으로 티투바와 함께 마법을 행한 것으로 알려진 아이들의 태도이다.

유럽에도 이와 유사한 소문의 기록들이 있다. 마을 처녀들이 밤중에 모여 때로는 주술 도구를 가지고, 때로는 선택된 청년과 사랑의 행위를 함으로써 사생아가 생기는 결과가 가끔 있었다. 오랜 세월 사멸했던 이교도의 신들이 다시 생명을 얻었을 때 교회는 당연히 이런 타락한 행위를 마법이라고 비난했으며, 정확히는 교회가 오래전에 파괴했던 디오니소스의 부활로 받아들였다. 성과 죄악과 악마는 일찍이 서로 연관되어 있었다. 세일럼에서도 그랬으며, 오늘날 역시 그렇다. 어느 모로 봐도, 세상에 러시아 공산주의자들에게 요구되는 관습보다 더 청교도적인 관습은 없다. 예를 들어 러시아에서 여성의 옷은 미국에서는 침례교도들이나 찾을 법한 소박하고 몸 전체를 가리는 것이다. 이혼법은 자녀 양육에 대한 막중한 책임을 아버지에게 부과한다. 혁명 초기 이혼법이 느슨해졌던 것은 의심의 여지없이 19세기 빅토리아 시대의 혼인에 대한 강고함과 거기에서 야기된 위선에 대한 반발 탓이었다. 만약에 다른 이유가 없었다면, 그렇게 강력하고 또한 국민의 획일성을 열망하는 나라가 가정의 붕괴를 오래 참아 낼 수 없었을 것이다. 그러나 적어도 미국인의 눈에는, 여자들에 대한 러시아인의 태도가 호색적이라는 확신이 남아 있다. 이것은 또 악마가 일하기 때문이다. 저속한 소극(笑劇)에서 여자가 옷을 벗는다는 생각만으로도 충격을 받는 슬라브인들의 마음속에서 일하듯 말이다. 우리의 적들은 항상 성적인 죄악의 옷을 입고 있다. 그리고 악마 연구는 바로 이러한 무의식적인 신념에 의해 매혹적인 관능과 분노하게 하고 겁에 질리게 하는 능력을 동시에 얻는다.

지금 세일럼으로 오는 길에, 헤일 목사는 자신이 처음으로 왕진을 떠난 젊은 의사라도 된 것 같다고 생각한다. 그가 고생해서 모아 놓은 악마의 징조, 암호, 그리고 진단법 들을 이제야 마침내 실제로 사용할 수 있게 된 것이다. 비벌리에서 오는 길은 그날 아침 유독 평상시와 달리 북적거렸다. 오는 길에 수많은 소문을 들은 헤일 목사는 이 가장 정밀한 과학에 대한 농부들의 무지에 미소를 짓지 않을 수 없었다. 그는 자신이 유럽 최고의 지성들(왕, 사상가, 과학자, 모든 교회의 성직자)과 연결되어 있다고 생각했다. 그의 목표는 빛과 선, 그리고 그것들을 지키는 일이었다. 그는 수많은 책자를 샅샅이 뒤지며 잘 벼린 지성을 가진 축복받은 자가 마침내 진짜 악마와 혈투를 벌일 수 있게 부름 받았다는 일의 기쁨을 잘 안다.

(무거운 책 여섯 권을 들고서 헤일 목사 나타난다.)

헤일　　이보시오, 누가 이 책들 좀 받아 주십시오!

패리스　(기뻐하며) 헤일 목사! 아, 다시 뵙게 되어서 반갑습니다. (책 몇 권을 받아 들면서) 이런, 무겁군요!

헤일　　(책을 내려놓으며) 그래야겠죠. 이 책들에는 권위의 무게가 있으니까요.

패리스　(약간 두려워하며) 음, 준비를 해 가지고 오셨군요!

헤일　　악마를 추적하려면 열심히 연구해야 하지요. (레베카를 알아보고) 레베카 너스 부인 아니신지요?

레베카　그렇습니다. 절 아시나요?

헤일   제가 부인을 어떻게 알고 있는지 이상하시겠지만, 부인의 얼굴은 선한 사람만 얻을 수 있는 얼굴입니다. 부인의 훌륭한 선행에 대해서는 비벌리에서도 소문이 자자합니다.

패리스   이 신사분을 아시는지요? 토머스 퍼트넘 씨고 여기는 그 아내 앤 부인입니다.

헤일   퍼트넘 씨라고요! 이렇게 특별하신 분을 만나리라고는 기대도 하지 않았는데요.

퍼트넘   (기분이 좋아서) 헤일 목사님, 저희를 오늘 도와주실 수는 없겠지요. 저희 집에 오셔서 제 자식을 구해 주셨으면 합니다.

헤일   댁의 아이도 아픕니까?

퍼트넘 부인   그 애의 혼이, 영혼이 날아가 버린 것 같아요. 잠을 자면서도 걸어 다니고…….

퍼트넘   먹지도 못합니다.

헤일   먹지도 못한다고요! (그것에 대해 생각한다. 프록터와 자일스 코리에게) 당신네 집에도 아픈 애들이 있습니까?

패리스   아니요, 아닙니다. 이 사람들은 농부입니다. 존 프록터는…….

자일스   그 사람은 마녀 같은 것은 믿지 않습니다.

프록터   (헤일에게) 나는 마녀에 관해서 이러쿵저러쿵 말한 적이 없소. 안 가실 거요, 자일스 영감님?

자일스   아니, 아닐세, 존. 갈 생각이 없네. 이 친구한테 물어볼 몇 가지 괴상한 문제가 있어서 말이야.

프록터 헤일 목사, 난 당신이 현명한 분이라고 들었어요. 당신의 현명함을 세일럼에도 좀 남겨 놓으시기 바라오.

(프록터 나간다. 헤일, 잠시 동안 난감해하며 서 있다.)

패리스 (재빨리) 제 딸을 봐 주시겠습니까? (헤일을 침대로 안내한다.) 이 애가 창밖으로 뛰어내리려고 했습니다. 오늘 아침에는 큰길에서, 날아가려는 것처럼 두 팔을 퍼덕이는 걸 발견했지요.

헤일 (눈을 가늘게 뜨며) 날아가려고 했다.

퍼트넘 주님의 이름을 듣는 것을 견디지 못한 겁니다. 헤일 목사님. 마법이 퍼져 있다는 분명한 증거입니다.

헤일 (두 손을 쳐들면서) 아니, 아닙니다. 제 말을 들어 보십시오. 이 문제에 있어서 미신에 의지할 수는 없습니다. 악마는 치밀합니다. 악마의 존재에 대한 흔적은 반석처럼 명백합니다. 그리고 제가 여러분 모두에게 분명히 말해 둘 것은 만약 제가 이 애에게서 지옥의 상처를 찾아내지 못한다 해도 제 말을 믿겠다는 태세가 준비되어 있지 않다면 저는 이 사건에 착수하지 않겠다는 것입니다.

패리스 동의합니다, 목사님…… 동의합니다……. 우리는 목사님의 판단에 따르겠습니다.

헤일 그렇다면 좋습니다. (침대로 가서 베티를 내려다보고는 패리스에게) 저, 이 이상스러운 일의 첫 조짐은 무엇이었습니까?

패리스　음, 저…… 저 아일 보았지요……. (애비게일을 가리키며) 그리고 내 조카와 십여 명의 처녀 애들이 간밤에 숲 속에서 춤추는 것을 목격했어요.

헤일　(놀라서) 당신은 춤을 허락합니까?

패리스　아니, 아닙니다. 그건 비밀리에…….

퍼트넘 부인　(기다리지 못하고) 패리스 목사님 댁 노예는 혼령을 불러낼 수 있어요.

패리스　(퍼트넘 부인에게) 그것은 확실한 것이 아닙니다, 앤 부인…….

퍼트넘 부인　(겁에 질려서, 아주 낮은 목소리로) 난 알고 있어요, 목사님. 내 딸을 보냈지요……. 티투바에게서 누가 우리 아기들을 살해했는지 알아 오라고요.

레베카　(깜짝 놀라며) 앤 부인! 죽은 아기를 불러내겠다며 딸 아이를 보냈단 말인가요

퍼트넘 부인　하느님이 날 벌주실 일이지. 당신은 아니에요, 당신은 아니야, 레베카! 당신이 날 더 이상 심판하도록 내버려 두지는 않겠어! (헤일에게) 일곱 아이들이 단 하루도 살지 못하고 죽는 것이 자연스러운 일인가요?

패리스　쉿!

(레베카, 크게 고통스러워하며 고개를 돌린다. 잠시 아무도 말이 없다.)

헤일   일곱 명의 아기가 태어나자마자 죽다니.

퍼트넘 부인 (낮은 소리로) 그래요. (목소리가 갈라진다. 헤일을 쳐
        다본다. 정적. 헤일은 깊은 인상을 받았다. 패리스가 헤일을
        쳐다본다. 헤일, 책이 있는 곳으로 가서 한 권을 펼치고 책
        장을 넘긴 뒤 읽는다. 다들 열심히 기다린다.)

패리스 (속삭이듯) 무슨 책인가요?

퍼트넘 부인 거기 뭐라고 쓰였나요?

헤일   (지적 탐구에 대한 고상한 애정을 가지고) 여기에는 모든
        보이지 않는 세계가 포착되고, 정의되고, 계산되어 있
        답니다. 이 책들 속에서 악마는 그 모든 잔인한 가면
        이 벗겨진 채입니다. 이 책들에는 여러분이 익히 알
        고 있는 모든 망령, 즉 몽마귀와 몽마녀, 땅 위로, 공기
        중으로, 그리고 바다로 다니는 마녀들, 밤과 낮의 마
        술사가 다 들어 있습니다. 이제 두려워하지 마십시오.
        악마가 우리들 사이에 나타난다면, 우린 그걸 찾아낼
        겁니다. 악마가 얼굴을 보이면 완전히 박살을 낼 작정
        입니다! (침대로 걸어간다.)

레베카 저 애가 다치지는 않을까요?

헤일   그것은 말할 수 없습니다. 만약 정말로 저 애가 악마
        에 사로잡혀 있다면 우리는 찢어 내서라도 아이를 구
        해야 할지 모릅니다.

레베카 그렇다면, 난 가 봐야겠군요. 그런 짓을 하기엔 난 너
        무 늙었으니. (자리에서 일어난다.)

패리스 (확신하고자 애쓰며) 레베카, 오늘 우리는 우리의 모든

골칫거리라는 종기를 절개할지도 모릅니다.

레베카 다 같이 그렇게 되기를 바랍시다. 당신을 위해 하느님께 기도하겠어요.

패리스 (당황하고 분개하며) 그 말씀이 우리가 여기서 사탄에게 매달리고 있다는 뜻은 아니길 바랍니다! (잠시 침묵.)

레베카 저도 알고 싶네요. (레베카 나간다. 도덕적으로 우위에 서 있는 듯한 말투에 모두 불쾌한 기분이다.)

퍼트넘 (갑자기) 자, 헤일 목사님, 계속합시다. 여기 앉으시지요.

자일스 헤일 목사, 학식 있는 분께 늘 한 가지 묻고 싶은 것이 있었는데…… 이상한 책을 읽는다는 것은 무슨 의미인가요?

헤일 어떤 책입니까?

자일스 모르겠습니다. 제게 숨기니까요.

헤일 누가요?

자일스 제 집사람, 마사입니다. 여러 번 밤에 깨어나서, 집사람이 구석에서 책을 읽고 있는 것을 보곤 했지요. 그걸 어떻게 생각하십니까?

헤일 그야, 뭐 반드시…….

자일스 그게 절 당황하게 한단 말입니다! 잘 들어 보시오……. 어젯밤 무척 애를 썼지만 기도를 할 수가 없는 거요. 그런데 마누라가 책을 덮고 집 밖으로 나가자, 그러자 갑자기…… 들어 봐요, 다시 기도를 할 수 있게 되었단 말입니다!

자일스 노인에 대해서는, 그의 운명이 다른 모두와 달랐고 또 특이한 점이 있었다는 사실만으로도 할 이야기가 있다. 이 당시 자일스 노인은 80대 초반으로, 역사상 가장 우스꽝스러운 영웅이었다. 아무도 그만큼 비난을 많이 받은 사람은 없으리라. 암소 한 마리가 없어지면, 우선은 자일스 코리의 집 주변부터 수색되었다. 밤중에 불이 나면 방화 혐의가 그에게로 갔다. 자일스는 사람들 말에는 조금도 개의치 않았으며, 오로지 만년에 와서 (마사와 결혼한 다음부터) 교회 문제에 큰 관심을 갖게 됐다. 부인이 그의 기도를 멈추게 했다는 것은 있음 직한 일이다. 그러나 자일스는 자신이 최근에야 기도문을 배웠기 때문에 곧잘 더듬거린다는 말은 깜빡하고 하지 않았다. 그는 괴짜에 부담스러운 인간이었지만, 전반적으로는 매우 순진하고 용감했다. 한번은 법정에서 그가 돼지가 이상한 행동을 하는 것에 놀라 그게 악마가 동물의 탈을 쓰고 나타난 것이라고 말한 것이 사실이냐는 질문을 받았다. "무엇이 당신을 겁나게 했는가?"라는 질문을 받자 그는 다른 말은 다 잊어버리고 겁이 났다는 말만 기억하고서 즉각 "내 평생 그런 말을 한 적이 있다고는 생각지 않소."라고 대답한 것이다.

헤일 아! 기도가 중단됐다……. 그건 이상하군요. 그 문제에 대해서 노인장과 좀 더 이야기해 봐야겠습니다.

자일스 마누라가 악마와 관계가 있다는 말은 아니오. 하지만 무슨 책을 읽고 있으며 왜 그 책을 숨기는지는 꼭 알고 싶어요. 아시다시피 마누라가 내겐 말해 주지 않으니까.

헤일   그러지요, 그 문제는 나중에 논의해 봅시다. (모두를 향해) 자, 내 말을 잘 들으시오. 만약 저 아이 안에 악마가 있다면 이 방에서 무서운 기적을 목격하시게 될 겁니다. 그러니 정신을 똑바로 차리고들 계십시오. 퍼트넘 씨, 베티가 날아갈지 모르니, 아이 가까이에 서 계십시오. 자, 베티, 얘야, 일어나 앉겠니? (퍼트넘, 준비된 자세로 가까이 다가간다. 헤일이 베티를 일으켜 앉힌다. 베티는 그의 팔 안에서 축 늘어진다.) 흠. (베티를 자세히 관찰한다. 다른 사람들도 숨을 죽이고 바라본다.) 내 말이 들리니? 나는 비벌리의 존 헤일 목사다. 널 도우려고 왔단다. 비벌리에 있는 내 두 딸아이를 기억하니? (헤일의 팔 안에서 베티, 조금도 움직이지 않는다.)

패리스 (겁을 먹고) 어떻게 악마가? 왜 내 집을 골라서 재앙을 내린 거지? 마을에는 온갖 방탕한 인간들이 있는데!

헤일   이미 타락한 인간을 얻는 것이 악마에게 무슨 승리가 되겠습니까? 악마가 원하는 것은 가장 선량한 인간입니다. 목사보다 더 나은 인간이 누구겠습니까?

자일스 이건 심각해, 패리스 씨, 심각해, 심각하고말고!

패리스 (이제 결심을 하고) 베티! 헤일 목사님께 대답을 해라! 베티!

헤일   얘야, 누가 널 괴롭힌 거냐? 반드시 여자거나 남자일 필요는 없단다, 알겠니? 어쩌면 남들한테는 보이지 않는 어떤 새가 네게 올 수도 있고…… 아니면 돼지이

거나 쥐이거나, 다른 어떤 동물일 수도 있단다. 어떤 것이 너더러 날아오르라고 했니? (헤일에게 안긴 채로 베티, 축 늘어져 있다. 헤일은 아무 말 없이 베티를 베개 위에 눕히고 베티를 향해 손을 뻗치고서 기도한다.) 인 노미네 도미니 사바오스 수이 필리크에 이테 아드 인페르노스.*

(베티, 꼼짝도 하지 않는다. 헤일 목사는 눈을 가늘게 뜨고 애비게일을 향해 몸을 돌린다.)

헤일   숲 속에서 이 아이랑 어떤 춤을 추고 있었지?

애비게일 저…… 그냥 보통 춤이었어요.

패리스   제가 본 것을 말씀드려야만 할 것 같습니다……. 저 아이들이 춤추던 풀밭 위에 솥이 있는 것을 보았습니다.

애비게일 수프가 들어 있었을 뿐이에요.

헤일   애비게일, 솥 안에는 무슨 수프가 있었지?

애비게일 저, 콩과…… 렌즈콩이었을 거예요, 그리고…….

헤일   패리스 씨, 솥 안에 뭐 살아 있는 것을 보지는 못하셨는지요? 쥐라든가, 혹은 거미, 개구리……?

패리스   (두려워하며) 저, 수프 속에 뭔가 움직이는 것이 있었다고…… 믿습니다.

----

* In nomine Domini Sabaoth sui filiique ite ad infernos. 라틴어로 '주 하느님의 이름으로 명하노니, 지옥으로 다시 돌아갈지어다.'라는 의미이다.

애비게일   그건 뛰어들어 온 것이지, 우리가 집어넣은 것은 아
　　　　　 니었어요.

헤일　　 (재빨리) 무엇이 뛰어들어 왔지?

애비게일   저, 작은 개구리 한 마리가…….

패리스　　개구리라고, 애비!

헤일　　 (애비게일을 붙들고서) 얘야, 네 사촌이 죽어 가고 있는
　　　　　 지도 모른단다. 네가 어젯밤에 악마를 불러냈니?

애비게일   저는 불러내지 않았어요! 티투바, 티투바가…….

패리스　　(창백해지며) 티투바가 악마를 불러냈다고?

헤일　　 티투바와 이야기를 해 봐야겠소.

패리스　　앤 부인, 티투바를 데려오시겠소? (퍼트넘 부인, 나간다.)

헤일　　 어떻게 악마를 불러냈지?

애비게일   모르겠어요……. 바베이도스 말로 했어요.

헤일　　 악마를 불러낼 때 뭔가 이상한 것을 느끼지는 않았
　　　　　 니? 어쩌면 갑자기 찬바람이 분다거나, 땅 아래가 흔
　　　　　 들린다거나?

애비게일   전 악마를 보지 못했어요! (베티를 흔들면서) 베티, 일
　　　　　 어나, 베티, 베티!

헤일　　 넌 나를 피할 수 없다, 애비게일. 네 사촌이 솥 안에 끓
　　　　　 인 것을 마셨니?

애비게일   절대로 마시지 않았어요!

헤일　　 너는 마셨니?

애비게일   아니에요!

헤일　　 티투바가 너더러 마시라고 했니?

애비게일 마시라고 했지만 제가 거절했어요.

헤일   넌 왜 숨기고 있니? 너 자신을 사탄에게 팔았니?

애비게일 저를 판 일은 없어요! 전 착한 아이예요! 품행이 단
       정한 아이라고요!

(퍼트넘 부인, 티투바를 데리고 들어온다. 그러자 즉각 애비게일은
티투바를 손가락으로 가리킨다.)

애비게일 저 여자가 내게 시켰어요! 베티에게도 시켰어요!

티투바   (놀라고 성이 나서) 애비!

애비게일 내게 피를 마시게 했어요!

패리스   피라고!

퍼트넘 부인 내 아기의 피를?

티투바   아니, 아니요, 닭 피였어요. 저 애한테 닭 피를 주었
       어요!

헤일   이봐, 아이들을 악마에게 넘겨주었느냐?

티투바   아니, 아닙니다, 목사님. 전 악마하곤 아무 상관도 없
       습니다!

헤일   어째서 이 아이가 깨어나지 않는 거지? 네가 이 아이
       를 입 다물게 했느냐?

티투바   저는 베티를 사랑합니다!

헤일   네 혼령을 이 아이에게 보낸 거지, 그렇지? 넌 악마를
       위해서 사람의 영혼을 수집하고 있지?

애비게일 저 여자가 예배당에서 자기 혼령을 제게 보내요. 제

가 기도할 때 웃게 만들어요!

패리스 저 애는 예배 때 자주 웃곤 했습니다!

애비게일 저 여자는 매일 밤 제게 와서는 피를 마시게 했어요!

티투바 네가 나더러 마법을 걸어 달라고 졸랐잖니! 저 애가 저더러 저주해 달라고 부탁했어요…….

애비게일 거짓말하지 마! (헤일에게) 제가 잠잘 때 저 여자가 제게 와서. 언제나 제가 타락한 짓을 하는 꿈을 꾸게 만들어요!

티투바 애비, 왜 그런 말을 하는 거지?

애비게일 때때로 잠이 깨면 제가 몸에 실오라기 하나 걸치지 않은 채로 방문을 열고 서 있는 것을 발견하곤 해요! 꿈속에서 언제나 저 여자가 웃는 소리를 들어요. 바베이도스의 노래를 부르고 저를 유혹하는 소리를 들어요…….

티투바 목사님, 전 절대로…….

헤일 (이제 결심한 듯) 티투바, 이 아이를 깨우기 바란다.

티투바 이 아이에 대해 전 아무런 힘도 없습니다, 목사님.

헤일 너에게는 분명히 힘이 있다. 지금 당장 이 아이를 주문에서 풀어 놔라! 언제 악마와 계약을 맺었지?

티투바 악마와 계약을 맺은 것은 없어요!

패리스 자백하지 않는다면 데리고 나가서 죽도록 매를 칠 테니!

퍼트넘 이 여자는 교수형에 처해야만 합니다! 잡아서 교수형에 처해야 합니다!

티투바 (겁에 질려서 무릎을 꿇는다.) 아니, 안 됩니다. 티투바

를 처형하지 마세요. 그자더러 그를 위해서 일하고 싶
지 않다고 말했습니다, 목사님.

패리스 악마 말인가?

헤일 그렇다면 악마를 보았구나! (티투바 흐느낀다.) 자, 티
투바, 자신을 지옥에다 붙들어 매 놓으면 그곳과 관계
를 끊는 것이 매우 어렵다는 걸 알고 있단다. 너 스스
로를 자유롭게 하는 일을 우리가 도와주겠다.

티투바 (앞으로 닥칠 일을 두려워하며) 목사님, 누군가가 이 아
이들에게 마법을 걸고 있다고 믿습니다.

헤일 누가?

티투바 모르겠습니다. 그렇지만 악마에겐 수많은 마녀가 있
으니까요.

헤일 그렇지! (이것이 실마리가 된다.) 티투바, 내 눈을 보거
라. 자, 내 눈을 들여다봐. (티투바, 두려운 듯 눈을 들어
헤일의 눈을 바라본다.) 너는 착한 기독교 신자 아니니,
티투바?

티투바 네, 그렇고말고요. 착한 신자입지요.

헤일 이 아이들을 사랑하고 있지?

티투바 네, 그렇습니다. 아이들을 해치고 싶지 않습니다.

헤일 그리고 하느님을 사랑하지?

티투바 몸과 마음을 바쳐 하느님을 사랑합니다.

헤일 자, 하느님의 거룩하신 이름으로…….

티투바 하느님을 경배할지어다. 하느님을 경배할지어다.

(공포 속에서 흐느끼며 무릎을 꿇은 채 몸을 흔든다.)

헤일　　그리고 하느님의 영광에…….

티투바　영원한 영광을. 하느님을 경배할지어다……. 하느님
　　　　을 경배할지어다…….

헤일　　네 마음을 열어라. 마음을 열고 하느님의 거룩한 빛이
　　　　네게서 빛나게 하여라.

티투바　오, 하느님을 경배할지어다.

헤일　　악마가 네게 올 때…… 다른 사람과 함께…… 온 적이
　　　　있나? (티투바, 헤일을 응시한다.) 어쩌면 마을의 다른
　　　　누구였나? 네가 아는 사람 말이야.

패리스　누가 악마와 함께 왔지?

퍼트넘　세라 굿? 세라 굿이 악마와 함께 있는 것을 본 적이 있
　　　　나? 아니면 오즈번은?

패리스　악마와 함께 온 것이 남자더냐, 여자더냐?

티투바　남자냐 여자냐. 음…… 여자였어요.

패리스　어떤 여자였지? 여자라고 했겠다. 어떤 여자였지?

티투바　칠흑같이 어두워서 저는…….

패리스　넌 악마는 볼 수 있었는데, 왜 그 여자는 볼 수 없었다
　　　　는 거지?

티투바　그건, 그들이 항상 떠들었거든요. 항상 뛰어다니고 꼴
　　　　사납게 굴고…….

패리스　세일럼 사람이란 말이냐? 세일럼의 마녀라는 말이냐?

티투바　그렇게 생각합니다. 네, 목사님.

(이제 헤일은 티투바의 손을 잡는다. 티투바 깜짝 놀란다.)

헤일   티투바, 그들이 누구인지 고하는 것을 두려워해서는
          안 된다, 알겠니? 우리가 너를 보호해 줄 테니까. 악마
          는 결코 목사를 굴복시킬 수 없다. 너도 그걸 알지, 그
          렇지?

티투바   (헤일의 손에 입을 맞추며) 네, 목사님, 알고 있습니다.

헤일   넌 마법을 썼다는 고백을 했는데, 그것은 네가 하느님
          곁으로 돌아오려는 바람을 나타낸 것이다. 그러니 우
          리가 너를 축복할 거다, 티투바.

티투바   (크게 안심하며) 오, 하느님의 은총이 내리시길, 헤일
          목사님!

헤일   (점점 의기양양해서) 너는 우리 가운데서 악마의 도당
          들을 찾아내기 위해 주어진 하느님의 도구다. 티투바,
          너는 선택된 거란다. 우리의 마을을 정화하는 것을 돕
          기 위해 선택받은 거야. 그러니 사실대로 다 말해라.
          악마에게 등을 돌리고 하느님만 바라거라……. 하느
          님을 바라면 하느님께서는 너를 지키실 거다.

티투바   (헤일에게 동조하여) 오, 하느님, 티투바를 보호하소서!

헤일   (친절하게) 누가 악마와 함께 네게 왔지? 두 사람? 세
          사람? 네 사람? 몇 명이나 되었지?

(티투바, 숨을 헐떡이며 앞을 똑바로 바라보더니 몸을 앞뒤로 끄덕
이기 시작한다.)

티투바 네 명이었어요. 네 명요.

패리스 (티투바를 다그치며) 누구? 누구지? 이름을, 이름을 말해!

티투바 (갑자기 감정이 폭발해서) 오, 패리스 목사님, 악마는 수도 없이 저더러 목사님을 죽이라고 했어요!

패리스 나를 죽이라고!

티투바 (격분하여) 패리스 목사를 죽여야만 한다고 말했어요. 패리스 목사는 좋은 분이 아니고 야비하고 신사가 아니라고 말했어요. 저더러 침대에서 일어나 당신 목을 자르라고 했어요! (모두 말문이 막힌다.) 그렇지만 저는 악마더러 이렇게 말했어요. "싫어요! 난 그분을 미워하지 않아요. 난 그분을 죽이고 싶지 않아요." 그러나 악마는 "나를 위해 일해라, 티투바. 그러면 내가 너를 자유롭게 해 주마! 아름다운 옷도 주고 너를 하늘 높이 데려다 주겠다. 그러면 너는 바베이도스로 날아갈 수가 있단다!" 저는 이렇게 말했지요. "당신은 거짓말을 하는군요. 악마여, 그것은 거짓말이에요!" 그런 다음 어느 폭풍우 치는 날 밤 내게 와서는 이렇게 말하는 거예요. "자, 봐라! 백인들도 내게 속해 있단다." 그래서 저는 보았습니다……. 굿 부인이 있었어요.

패리스 세라 굿이!

티투바 (몸을 흔들며 운다.) 네, 목사님. 그리고 오즈번 부인도요.

퍼트넘 부인 난 알고 있었지! 오즈번 부인이 세 번이나 내 산파

노릇을 했지. 여보, 내가 당신한테 부탁했지요, 그렇지요? 남편더러 오즈번 부인은 부르지 말라고 간청했어요. 그 여자가 무서웠기 때문이에요. 그 여자 손 안에서 내 아기들은 항상 시들어 버렸어요!

헤일 용기를 내. 그 사람들 이름을 전부 우리에게 알려야 한다. 이 아이가 고통 받고 있는 걸 어떻게 가만히 두고 볼 수 있느냐? 티투바, 이 아이를 봐라. (헤일, 침대 위에 있는 베티를 가리킨다.) 이 아이의 천진무구한 모습을 봐. 이 아이의 영혼은 아주 여리기 때문에 우리가 보호해야만 한단다. 악마가 활보하며 순수한 양의 고기 위에 선 짐승처럼 이 아이를 먹이로 삼고 있는 거야. 네가 도우면 하느님께서 너를 축복하실 거다.

(애비게일 일어난다. 영감을 받은 듯 앞을 바라보며 외친다.)

애비게일 저도 마음을 털어놓고 싶어요! (모두 놀라서 그녀를 향한다. 축복의 빛을 받은 듯 애비게일, 황홀경에 빠진다.) 저는 하느님의 빛을, 예수님의 따뜻한 사랑을 원해요! 저는 악마를 위해 춤을 추었어요. 저는 악마를 보았어요. 악마의 명부에 이름을 써 넣었어요. 저는 예수님께 다시 돌아왔어요. 그분의 손에 입 맞춥니다. 저는 세라 굿이 악마와 함께 있는 것을 보았어요! 오즈번 부인이 악마와 함께 있는 것을 보았어요! 브리짓 비숍이 악마와 함께 있는 것을 보았어요!

(애비게일이 말하는 동안, 베티는 침대에서 일어난다. 눈에 열기를
띠고 애비게일의 영탄을 이어받는다.)

베티   (똑같이 앞을 응시하며) 저는 조지 제이콥스가 악마와
          함께 있는 것을 보았어요! 하우 부인이 악마와 함께
          있는 것을 보았어요!

패리스   저 아이가 말을 하는군! (달려가서 베티를 끌어안는다.)
          말을 하는구나!

헤일   하느님께 영광이 있기를! 악마의 주문은 깨어지고 저
          들이 자유케 되었도다!

베티   (발작적으로 소리를 지른다. 크게 안심한 듯하다.) 마사 벨
          로스가 악마와 함께 있는 것을 보았어요!

애비게일 시버 부인이 악마와 함께 있는 것을 보았어요! (거대
          한 환희로 고조된다.)

퍼트넘   경찰서장, 서장을 부르겠소!

(패리스, 큰 소리로 감사 기도를 올린다.)

베티   앨리스 배로가 악마와 함께 있는 것을 보았어요!

(막이 내리기 시작한다.)

헤일   (나가는 퍼트넘에게) 경찰서장더러 수갑을 가져오라고
          하시오!

애비게일 호킨스 부인이 악마와 함께 있는 것을 보았어요!
베티   비버 부인이 악마와 함께 있는 것을 보았어요!
애비게일 부스 부인이 악마와 함께 있는 것을 보았어요!

(이들의 도취된 외침 위로)

　막이 내린다.

2막

팔 일 뒤, 프록터의 집 거실.

오른편에는 집 밖으로 들에 면한 문이 있다. 왼편에는 난로가 있으며 그 뒤쪽으로는 2층에 올라가는 층계가 있다. 거실은 길고 천장이 낮고 어두운 당시 양식으로 되어 있다. 막이 오를 때 거실은 비어 있다. 2층에서 엘리자베스가 아이들에게 나지막이 불러 주는 노랫소리가 들린다. 다음 순간 문이 열리면서 존 프록터가 총을 들고 등장한다. 난로를 향해 걸어가던 프록터 방을 둘러본다. 아내의 노랫소리를 듣고 순간적으로 걸음을 멈춘다. 난로에 가서 총을 벽에 세워 놓고 불 위에서 냄비를 집어 들어 냄새를 맡는다. 그런 다음 국자로 떠서 맛을 본다. 아주 흡족한 표정은 아니다. 선반에 손을 뻗어, 소금을 조금 집은 뒤 냄비 속에 넣는다. 다시 맛을 보는데 엘리자베스의 발소리가 층계에서 들린다. 냄비를 다시 불 위에 올려놓고

대야가 있는 곳으로 가서 손과 얼굴을 씻는다. 엘리자베스, 들
어온다.

엘리자베스 무슨 일로 이렇게 늦으셨어요? 벌써 어둑어둑해졌
      어요.

프록터 멀리 숲 속 경계선까지 씨를 뿌렸소.

엘리자베스 아, 그럼 다 끝마치셨군요.

프록터 그래, 농장은 파종이 끝났지. 아이들은 자나?

엘리자베스 곧 잠들 거예요. (난로로 가서 스튜를 국자로 떠 접시
      에 담는다.)

프록터 이젠 여름에 날씨가 좋으라고 기도나 합시다.

엘리자베스 그래요.

프록터 당신 오늘은 괜찮았소?

엘리자베스 네. (접시를 식탁으로 가져간다. 음식을 가리킨다.) 토
      끼 고기예요.

프록터 (식탁으로 가면서) 아, 그래! 조녀선의 덫에 걸렸나?

엘리자베스 아뇨, 오늘 오후에 집으로 들어왔어요. 한쪽 구석에
      마치 방문이라도 한 것처럼 앉아 있는 것을 발견했죠.

프록터 자기 발로 걸어 들어오다니. 아, 거 좋은 징조인데.

엘리자베스 제발 그랬으면. 가죽을 벗기는 게 가슴 아팠어요.
      불쌍한 토끼 같으니라고. (의자에 앉으면서 남편이 맛보
      는 것을 지켜본다.)

프록터 간이 잘됐는걸.

엘리자베스 (기분이 좋아 얼굴이 상기되면서) 아주 신경을 써서

만들었어요. 고기가 연해요?

프록터　응. (그는 식사하고, 아내는 그를 바라본다.) 곧 들판이 푸르게 될 것 같소. 흙 속이 피처럼 더우니 말이지.

엘리자베스　좋은 일이군요.

(프록터, 식사를 한다. 그러다 고개를 든다.)

프록터　추수가 잘되면 조지 제이콥스네 어린 암소를 사려고 하오. 마음에 드나?

엘리자베스　네, 좋아요.

프록터　(씩 웃으며) 엘리자베스, 당신을 기쁘게 해 주려고 그러는 거요.

엘리자베스　(말로 표현하기 어려운 듯) 알고 있어요, 존.

(프록터, 자리에서 일어나 아내에게 가서 키스한다. 엘리자베스, 응한다. 약간 실망한 듯 프록터, 자리로 돌아간다.)

프록터　(가능한 한 부드럽게) 사과주 있소?

엘리자베스　(잊고 있었다는 데 자책을 느끼며) 아, 네! (일어나 사과주 있는 곳으로 가서 한 잔 따른다. 프록터, 기지개를 켠다.)

프록터　씨를 뿌리느라 한 발자국 한 발자국 걸어가노라면 농장이 대륙인양 싶어.

엘리자베스　(사과주가 든 잔을 들고 오면서) 그럴 거예요.

프록터　(길게 한 모금 마신 후 술잔을 내려놓으며) 집 안에 꽃 좀 갖다 놓지 그랬소.

엘리자베스   아, 잊었어요. 내일 갖다 놓지요.

프록터   집 안은 아직도 겨울이구려. 일요일에는 나와 함께 농장을 걸어 봅시다. 들판에 꽃이 그렇게 많이 피어 있는 것은 처음 보았소. (기분 좋게 걸어가 열린 문밖으로 하늘을 쳐다본다.) 라일락은 보랏빛 향내가 나오. 라일락에서는 해 질 녘 냄새가 나는 것 같구려. 매사추세츠는 봄에 참 아름답지!

엘리자베스   네, 그래요.

(잠시 대화가 중단된다. 문가에 서서 밤에 도취되어 있는 남편을 엘리자베스는 식탁에서 지켜본다. 마치 말을 하려 하지만 할 수 없는 것 같아 보인다. 그 대신 남편이 식사한 접시와 술잔과 포크를 들고 개수대로 간다. 남편한테 등을 돌린 채이다. 프록터, 돌아서서 아내를 지켜본다. 부부 간의 거리감이 고조된다.)

프록터   당신 또 기분이 언짢은 것 같구려. 그렇지 않소?

엘리자베스   (마찰을 원치는 않으나 피할 수는 없다.) 당신이 너무 늦게 오셔서 오늘 오후에 세일럼에 가셨나 생각했어요.

프록터   왜 그런 생각을? 세일럼엔 아무런 볼일도 없소.

엘리자베스   이번 주 초에 가신다고 이야기를 하셨잖아요.

프록터   (아내의 말뜻이 무엇인지 알아차린다.) 그 후 다시 생각해 보았소.

엘리자베스   메리 워렌도 오늘 그곳에 갔어요.

프록터 왜 가게 내버려 뒀지? 그 애가 더 이상 세일럼에 가지
        못하게 하라는 내 말을 못 들었나?

엘리자베스 막을 수가 없었어요.

프록터 (아내에게 비난을 퍼부으려다 참으면서) 그것은 실수요,
        실수. 엘리자베스…… 이 집 안주인은 당신이지 메리
        워렌이 아니지 않소.

엘리자베스 그 애가 저를 아주 겁먹게 했어요.

프록터 어떻게 그 쥐새끼 같은 것이 당신을 겁준단 말이오,
        엘리자베스? 당신은…….

엘리자베스 더 이상 쥐새끼가 아니에요. 제가 못 가게 막자 왕
        족의 딸처럼 턱을 치켜들고는 제게 이렇게 말하는 거
        예요. "프록터 부인, 저는 세일럼에 가야만 해요. 법정
        관리인 중 한 명인걸요!"

프록터 법정이라고! 무슨 법정?

엘리자베스 네, 그 사람들, 지금 정식 법정을 열고 있어요. 메
        리 말이 보스턴에서 재판관 네 명을 보냈대요. 주 최
        고 재판소의 권위 있는 재판관들이래요. 그리고 총 지
        휘는 주의 부지사가 한대요.

프록터 (놀라며) 뭐, 그 애가 미쳤나 보군.

엘리자베스 차라리 미친 거라면 좋겠어요. 지금 감옥에는 열
        네 명이나 갇혀 있대요, 그 애가 말하길. (말뜻을 알아
        듣기 어려운 듯 프록터는 그저 아내만 쳐다본다.) 그 사람
        들 모두 다 재판을 받을 것이고, 그리고 법정에선 그
        네들을 교수형에 처할 권한이 있다는 거예요.

프록터   (코웃음 치지만, 확신은 없다.) 흥, 절대로 교수형에 처하지는 못할걸.

엘리자베스   그 사람들이 자백하지 않으면 교수형에 처하겠다고 부지사가 선언했대요, 여보. 마을이 온통 미친 것 같아요. 메리가 애비게일 얘기를 하는데 메리 말을 들으니 애비게일이 성녀 같다는 생각이 들더군요. 애비게일이 다른 여자애들을 이끌고 법정으로 들어오는데, 그 애가 걸어가면 마치 홍해가 이스라엘 민족을 위해 갈라지듯 사람들이 길을 열어 준다는 거예요. 그 애들 앞으로 사람들이 불려 오는데, 만약에 애들이 고함지르고 울부짖으며 바닥에 넘어지면 그 사람들을 아이들에게 마법을 건 혐의로 감옥에 처넣는대요.

프록터   (눈이 둥그레져서) 아니, 그건 아주 못된 장난이로구먼.

엘리자베스   여보, 당신이 세일럼에 꼭 가셔야 된다고 생각해요. (프록터, 아내를 향해 돌아선다.) 제 생각은 그래요. 당신이 그곳 사람들한테 이 일은 사기 행위라고 말하셔야만 해요.

프록터   (이 문제 그 이상을 생각하며) 그래, 사기 행위지. 분명히 그렇고말고.

엘리자베스   에제킬 치버 씨한테 가 보세요……. 그분은 당신을 잘 알잖아요. 지난 주 애비게일이 자기 아저씨 집에서 당신께 한 말을 그분께 알리세요. 그 애가 이 일은 마법과는 아무 관계도 없다고 했다면서요, 그렇지요?

프록터   (생각에 잠겨서) 응, 그래, 그랬어. (잠시 대화가 중단된다.)

엘리자베스 (그를 자극해서 화나게 할까 두려워하며, 조용히) 그 사
실을 당신이 법정에 알리지 않는 건 하느님께서 금지
하실 거예요, 여보. 그 사실을 말해야만 한다고 봐요.

프록터 (자신의 생각과 싸우며, 조용히) 그래, 알려야 돼, 알려야
되고말고. 사람들이 그 애 말을 믿는 것이 놀랍군.

엘리자베스 여보, 저라면 지금 당장 세일럼에 가겠어요…….
오늘 밤에 가도록 하세요.

프록터 생각해 보겠소.

엘리자베스 (용기를 내서) 여보, 이 사실을 숨길 수는 없어요.

프록터 (성을 내며) 숨길 수 없다는 것은 나도 알고 있소. 생각
해 보겠다고 말하지 않았소!

엘리자베스 (기분이 상해서 매우 냉랭하게) 좋아요, 그렇담 생각
해 보세요. (일어서서 방 밖으로 걸어 나가려 한다.)

프록터 그 애가 한 말을 어떻게 증명할 수가 있을까 생각하고
있었을 뿐이오, 여보. 지금 성녀가 다 된 마당에 그 애
를 사기꾼이라고 증명하는 것이 쉽지는 않을 거요. 게
다가 마을 사람들이 아주 이상하게 변했으니까. 방에
나와 단둘이 있을 때 그 말을 내게 했는데…… 그것을
증명할 수가 없단 말이오.

엘리자베스 그 애와 단둘이만 있었다고요?

프록터 (완강하게) 잠깐 동안이었소.

엘리자베스 아, 그래요, 그러면 당신이 제게 말한 대로는 아니
군요.

프록터 (점점 화가 솟구치면서) 잠깐 동안만이라고 하지 않소.

다른 사람들이 곧 뒤따라 들어왔소.

엘리자베스　(조용히…… 갑자기 남편에 대한 모든 믿음을 잃어버렸다.) 그렇다면 당신 마음대로 하세요. (몸을 돌리려 한다.)

프록터　이봐. (엘리자베스, 남편 쪽으로 돌아선다.) 더 이상 당신의 의심을 받고만 있진 않겠소.

엘리자베스　(약간 오만하게) 저는 아무런…….

프록터　의심받고 싶진 않아!

엘리자베스　그럼, 의심을 받지 않게 하세요.

프록터　(격렬하지만 낮은 소리로) 아직도 나를 의심하고 있소?

엘리자베스　(품위를 지키기 위해, 미소를 띠고서) 여보, 당신이 상처를 입혀야 하는 사람이 애비게일이 아니었다면 지금처럼 망설이고 계실까요? 아닐 거예요.

프록터　이봐, 당신…….

엘리자베스　사실이 그런걸요, 여보.

프록터　(엄숙히 경고하며) 엘리자베스, 더 이상 나를 심판하지 마. 애비게일이 협잡을 하고 있다고 고발하기 전에 생각해 봐야 할 만한 충분한 이유가 있다고. 그래, 생각을 해야겠어. 당신 남편을 더 이상 심판하기 전에 당신 자신이 나아졌는가를 살피도록 하시오. 나는 애비게일에 대해 잊고 있었소, 그런데…….

엘리자베스　저도 잊고 있었어요.

프록터　날 용서했다고! 당신은 아무것도 잊지 않았고 아무것도 용서하지 않았어. 이봐, 자비를 좀 가져. 그 애가 떠난 후 지난 일곱 달 내내 난 이 집 안에서 발끝으로 조심조심 걸어 다녔단 말이야. 여기서 저기로 움직일 때도 항상 당신 마음에 들 것만 생각했지. 그래도 여태껏 당신 가슴에는 영원히 장송곡만 울려 퍼지고 있군. 말만 하면 나는 의심을 받고, 순간마다 거짓말을 한 걸로 심판을 받는단 말이야. 이 집 안에 들어오는 게 마치 법정에 들어가는 것과 같아!

엘리자베스　존, 당신은 저에게 모든 것을 털어놓지 않고 있어요. 다른 사람들과 함께 그 애를 보았다고 그러셨잖아요. 그런데 당신은…….

프록터　엘리자베스, 더 이상 나의 결백함을 호소하지 않겠소.

엘리자베스　(자신을 정당화하면서) 존, 전 단지…….

프록터　그만둬! 당신이 처음 내게 의심을 품었을 때 큰소리쳐서 아무 말 못 하게 할걸 그랬어. 그렇지만 나는 풀이 죽어서 기독교인답게 고백을 했지. 고해를 했다고! 어떤 꿈 때문에 그날 난 당신이 하느님인 양 착각을 한 게 틀림없어. 하지만 당신은 하느님이 아니었어, 아니고말고. 당신도 그 사실을 명심해! 이따금씩은 나의 선한 면도 바라보고, 심판은 그만두란 말이오!

엘리자베스　전 당신을 심판하지 않아요. 당신 가슴에 자리 잡고 있는 재판관이 당신을 심판하는 거예요. 전 당신이 좋은 분이 아니라고 생각한 적은 없어요. 존, (미소를 띠며) 당신은 단지 좀 당황하고 있을 뿐이죠.

프록터　(쓰게 웃으며) 아, 엘리자베스, 당신의 심판은 맥주도 얼리겠군! (갑자기 밖에서 나는 소리에 몸을 돌린다. 문

쪽으로 가려는데 메리 워렌이 등장한다. 메리를 본 순간 프록터, 몹시 격노해서 곧장 다가가 옷을 움켜잡는다.) 못 가게 했는데 어떻게 해서 세일럼엔 갔지? 날 놀리자는 거냐? (메리를 흔든다.) 또다시 감히 이 집을 떠나면 매를 칠 테다!

(이상하게도 메리는 반항도 않은 채, 프록터에 잡힌 대로 힘없이 서 있다.)

메리 워렌　전 아파요, 아프다고요, 프록터 씨. 제발, 제발 절 해치지 마세요. (그녀의 이상스러운 태도와 창백하고 기진한 모습이 프록터를 멈칫하게 만든다. 프록터, 메리를 놓아준다.) 내장 속속들이 몸서리가 나요, 주인님. 전 온종일 내내 재판이 진행되는 것을 보고 있었어요.

프록터　(분이 사그라들며…… 호기심이 화를 누른다.) 그래, 이 집안일은 어떻게 하고? 언제 넌 이 집 안에서 일을 할 거냐? 일 년에 9파운드나 돈을 받고 있으면서……. 게다가 주인 아주머니 건강도 썩 좋지가 않잖아?

(보상이라도 하려는 듯 메리 워렌, 조그만 헝겊 인형을 가지고 엘리자베스에게 간다.)

메리 워렌　프록터 부인, 오늘 부인께 드릴 선물을 만들었어요. 오랜 시간 의자에 앉아 있어야 해서 바느질하며 시간을 보냈어요.

엘리자베스 (난처한 듯, 인형을 바라보며) 그래, 고맙다. 예쁜 인
형이로구나.

메리 워렌 (떨리는, 기운 없는 소리로) 지금은 우리 모두가 서로
사랑해야만 해요, 프록터 부인.

엘리자베스 (그녀의 묘한 태도에 놀라서) 그럼, 정말 그래야지.

메리 워렌 (방을 흘낏 둘러보며) 내일 아침 일찍 일어나서 집 안
청소를 하겠어요. 전 지금 자야겠어요. (몸을 돌려 걸음
을 옮기려 한다.)

프록터 메리, (메리, 걸음을 멈춘다.) 그게 사실이냐? 여자 열네
명이 체포됐다는 것이?

메리 워렌 아니에요, 주인님. 지금은 서른아홉 명이 됐어
요……. (갑자기 말을 중단하고는 흐느끼며 탈진한 듯 앉
는다.)

엘리자베스 아니, 저 애가 우네! 얘야, 너 어디가 아프니?

메리 워렌 오즈번 부인이…… 교수형을 받게 됐어요!

(메리가 흐느끼는 동안, 충격으로 잠시 말이 중단된다.)

프록터 교수형이라고! (메리 얼굴을 들여다보며 큰 소리로) 교
수형이라고 했니?

메리 워렌 (흐느끼면서) 네.

프록터 부지사께서 그것을 허가하실까?

메리 워렌 그분이 교수형을 선고한걸요. 분명히 그렇게 할 거

예요. (상황을 호전시키려고) 그렇지만 세라 굿은 아니에요. 세라 굿은 자백했기 때문이죠, 그래요.

프록터   자백이라고! 무엇을?

메리 워렌   자기가 (기억하기도 두려운 듯) 때로는 악마와 계약을 맺고 악마의 검은 책에 자기 이름을 써 넣었다고요…… . 자기 피로요……. 그리고 하느님이 쓰러지고, 우리 모두가 영원히 지옥을 숭배하게 될 때까지 기독교인들을 박해하기로 맹세했다는 것을요.

(잠시 침묵.)

프록터   그렇지만…… 분명히 너는 그 노파가 얼마나 수다꾼인지 알고 있지. 그 사실을 사람들에게 말했니?

메리 워렌   프록터 씨, 공개 법정에서 그 노파가 거의 우리 모두의 숨통을 눌러 죽일 뻔한걸요.

프록터   어떻게, 네 숨통을 눌렀다고?

메리 워렌   그 노파가 자기 혼령을 보낸 거예요.

엘리자베스   아, 메리, 메리, 분명히 넌…… .

메리 워렌   (분개해서 신경질적으로) 그 노파는 여러 번 저를 죽이려고 했어요, 프록터 부인!

엘리자베스   아니, 그런 말은 금시초문이로구나.

메리 워렌   저도 전에는 몰랐어요. 전에는 아무것도 몰랐어요. 그 노파가 법정에 들어올 때 저는 혼자 이렇게 말했어요. 이 여자는 진창에서 자는 데다 아주 늙었고 가난

하니까 고발해서는 안 된다고요. 그러나 그때…… 그
노파가 거기 앉아서 부인에 부인을 거듭할 때 저는 등
줄기에 안개 같은 냉기가 기어오르는 것을 느꼈어요.
머리 가죽이 오그라들고 목 언저리에 압박감을 느꼈
고 숨을 쉴 수가 없었어요. 그때 (넋을 잃은 듯) 저는 목
소리를, 외치는 목소리를 들었어요. 그것은 제 소리였
어요……. 그리고 나서 갑자기 그 노파가 제게 행한
모든 일들이 기억났어요!

프록터 뭐라고? 그 여자가 네게 무엇을 했단 말이냐?

메리 워렌 (놀랍고도 비밀스러운 통찰력에 눈뜬 사람처럼) 아주
여러 번, 프록터 씨, 그 노파는 바로 이 집 문전에 왔어
요. 빵과 사과주 한 컵을 구걸하면서……. 이걸 잘 들
으세요. 제가 그 노파를 빈손으로 돌려보낼 때마다 그
노파는 중얼거렸어요.

엘리자베스 중얼거렸다고! 배가 고프면 중얼거릴 수도 있지.

메리 워렌 그렇지만 그 노파가 무어라고 중얼거렸을까요? 기
억나실 거예요, 프록터 부인. 지난 달…… 월요일이라
고 생각하는데요……. 그 노파가 나간 다음 이틀간이
나 제 내장이 터지는 줄 알았어요. 기억나시지요?

엘리자베스 그래……. 생각나는구나, 하지만…….

메리 워렌 그래서 그 사실을 해손 판사님께 말씀드렸더니 판
사님께서 노파에게 물으셨어요. "세라 굿, 너는 무슨
저주를 중얼거렸기에 이 아이가 너를 돌려보낸 후 병
이 났단 말이냐." 하고요. 그러자 이렇게 대답하는 것

이었어요. (노파의 흉내를 내며) "아닙니다. 판사 나리, 아무런 저주도 안 했어요. 단지 십계명을 외웠을 뿐인걸요. 저도 십계명은 외울 수 있어야죠."라고요!

엘리자베스 정직한 답변이로구나.

메리 워렌 네, 하지만 그때 해손 판사가 "십계명을 낭송해 보아라." 하고 말했어요. (프록터 내외를 향해 열렬히 몸을 기울이며) 그런데 십계명 중에서 단 하나도 말하지 못하는 것이었어요. 십계명을 결코 알았던 적이 없는 거였죠. 그래서 그 노파가 새빨간 거짓말을 한 것이 들통 났어요!

프록터 그래서 유죄 판결이 났단 말이냐?

메리 워렌 (프록터가 완강하게 의심한다는 것을 깨닫고 조금 긴장하며) 그럼요. 자기 스스로 유죄를 선고한 거니까 그래야 하죠.

프록터 그렇지만 증거가, 증거가 뭐지?

메리 워렌 (프록터에 대해 점점 더 참을 수 없어하며) 증거를 말씀 드렸잖아요. 아주 분명한 증거라고, 바위같이 확고부동한 증거라고 판사들이 말했어요.

프록터 (잠시 침묵을 지킨 다음) 메리 워렌, 넌 다시는 법정에 나가서는 안 된다.

메리 워렌 주인님께 말씀드려야만 하겠어요. 지금부터 저는 매일같이 나가야만 해요. 우리가 얼마나 중요한 일을 하는지 모르시다니 놀랍군요.

프록터 너희들이 무슨 일을 한단 말이냐! 노파들을 교수형에

처하는 것이 기독교인 여자아이가 하는 일이라니 괴
상도 하군!

메리 워렌   그렇지만 프록터 씨, 자백만 하면 교수형에 처하지
는 않아요. 세라 굿은 단지 얼마 동안 감옥에만 있게
될 거예요. (기억을 떠올리며) 한 가지 이상한 일이 있
어요. 잘 생각해 보세요. 굿 노파가 임신을 했어요!

엘리자베스   임신이라고! 모두 미쳤니? 그 부인은 육십이 다 됐
는데!

메리 워렌   그릭스 의사 선생에게 검진을 받게 했지요. 그랬더
니 틀림이 없대요. 지금껏 내내 파이프 담배나 피우고
남편도 없었는데 말이에요! 그렇지만 세라 굿은 무사
해요. 천만다행이죠. 죄 없는 갓난아기는 다치지 않을
테니까요. 이것이 기적 같은 일 아니겠어요? 주인님,
이걸 아셔야 돼요. 우리가 하는 일은 하느님의 일이라
는 것을요. 그래서 당분간 저는 매일같이 나가 봐야
합니다. 제가…… 제가 법정 관리라고 그러더군요. 그
리고 저는……. (무대 뒤를 향해 조금씩 나아간다.)

프록터   내가 널 관리해 주마! (벽난로로 성큼 걸어가서 걸려 있
던 채찍을 잡는다.)

메리 워렌   (겁에 질렸으나 권위를 잃지 않으려 애쓰면서 꼿꼿한 자
세로) 이젠 더 이상 매 맞는 것은 견딜 수 없습니다!

엘리자베스   (프록터가 다가가자 다급하게) 메리, 집에 있겠다고
지금 약속을 하렴…….

메리 워렌   (프록터에게서 물러나면서 꼿꼿이 선 자세 그대로 제 뜻

을 굽히지 않으면서) 세일럼에 악마가 풀려 나왔어요.
프록터 씨. 악마가 숨어 있는 곳을 찾아내야만 합니다!

프록터 매를 쳐서 네게서 악마를 쫓아내겠다! (채찍을 치켜들
고 메리 워렌을 향해 다가선다. 메리 워렌, 재빨리 피하면서
비명을 지른다.)

메리 워렌 (엘리자베스를 가리키며) 전 오늘 부인의 목숨을 살렸
어요!

(침묵. 프록터, 채찍을 내린다.)

엘리자베스 (부드럽게) 내가 고발당했니?

메리 워렌 (전율하며) 얼마간, 얘기가 나왔어요. 그렇지만 부인
이 누구를 해치려고 혼령을 내보낸 증거를 본 적이 없
다고 제가 말했어요. 그리고 제가 아주 가까이서 부인
과 함께 살고 있는 것을 보고는 그 사람들이 기각해
버렸어요.

엘리자베스 누가 나를 고발했지?

메리 워렌 법에 의해서 그것은 밝힐 수가 없어요. (프록터에게)
더 이상 비아냥거리지만 마세요. 바로 한 시간 전에
우리는 판사 네 분과 국왕 폐하의 대리인과 함께 식사
를 했어요. 지금부턴 제게…… 제게 정중하게 말해서
야겠어요.

프록터 (두려워하면서, 메리에 대한 혐오감에서 투덜거리는 소리
로) 가서 자.

메리 워렌 (발을 구르며) 더 이상 자러 가라는 명령은 받지 않겠어요, 프록터 씨! 난 열여덟 살이고 여자예요, 비록 독신이긴 하지만!

프록터 일어나 있고 싶으냐? 그럼 그렇게 하려무나.

메리 워렌 자러 가고 싶어요!

프록터 (화가 나서) 그렇담, 가서 자!

메리 워렌 자러 가겠어요. (불만인 채, 자신이 없는 태도로 나간다. 프록터와 엘리자베스, 놀라서 메리를 응시하며 서 있다.)

엘리자베스 (조용히) 아, 올가미, 올가미를 씌우는군요!

프록터 올가미 같은 것은 없을 거요.

엘리자베스 애비게일은 내가 죽기를 바라요. 일주일 내내 전 일이 이렇게 되리라는 것을 알고 있었어요!

프록터 (확신이 없이) 그들이 기각시켰소. 메리가 말하는 것을 듣지 않았소…….

엘리자베스 그러면 내일은 어떻게 되지요? 제가 잡혀갈 때까지 그 애는 제 이름을 외쳐 댈 거예요!

프록터 앉아요.

엘리자베스 그 애는 제가 죽기를 바라요. 존, 당신도 알고 있잖아요!

프록터 앉으라니까! (엘리자베스, 떨면서 앉는다. 프록터, 조용히 정신을 차리려고 애쓰면서 말한다.) 엘리자베스, 이런 때 우리는 현명해져야만 하오.

엘리자베스 (빈정거리며, 절망적인 기분으로) 아, 그래요. 어련하시겠어요!

프록터   아무것도 두려워 마시오. 에제킬 치버를 만나 보겠소.
          치버에게 모든 것이 장난이었다고 한 애비게일의 말
          을 전하겠소.

엘리자베스   존, 그렇게 많은 사람들이 감옥에 있는 지금, 치버
          의 도움 이상이 필요할 것 같아요. 제 부탁을 들어주
          시겠어요? 애비게일한테 가세요.

프록터   (무엇인가 눈치채고서 마음이 굳어지며······) 내가 애비
          게일한테 무슨 말을 해야 한단 말이오?

엘리자베스   (부드럽게) 존······ 제 말을 들어주세요. 당신은 젊
          은 여자애들을 잘못 이해하고 있어요. 어느 잠자리에
          서건 약속을 한 것은······.

프록터   (분노를 참으려 애쓰며) 무슨 약속이란 말이오!

엘리자베스   말을 했건 안 했건 간에 약속은 분명히 한 거예요.
          그래서 그 애가 그 약속에 빠져 있을지도 몰라요. 그
          러리라고 확신해요. 절 죽이고서 제 자리를 차지할 생
          각을 하고 있어요.

(프록터의 분노가 점점 커진다. 프록터, 말을 못 한다.)

엘리자베스   그것이 애비게일의 아주 간절한 소망이에요, 존.
          전 알고 있어요. 수많은 이름이 있을 텐데 왜 제 이름
          을 불렀을까요? 저 같은 사람의 이름을 지목하는 건
          분명히 위험한 일이에요······. 저는 시궁창에서 자는
          굿 노파도 아니고 주정뱅이, 바보인 오즈번도 아닌걸요.

엄청난 이득이 없는 한 그 애가 감히 저 같은 농부의
아내 이름을 지목할 리 없어요. 제 자리를 차지할 생
각을 하는 거예요, 존.

프록터　그런 생각은 못 할 거야! (프록터, 그것이 사실이라는 것
을 알고 있다.)

엘리자베스　(분별 있게) 존, 지금까지 그 애에게 조금이라도 경
멸의 태도를 보이신 적이 있나요? 예배당에서 그 애가
당신 곁을 지나갈 때면 당신은 얼굴을 붉히곤 하시던
데요…….

프록터　내 죄 때문에 붉혔을 거요.

엘리자베스　당신이 얼굴을 붉히는 것을 그 애는 다른 뜻으로
보았을 거예요.

프록터　그럼 당신은 어떻게 보았소? 무슨 뜻으로 보았소, 엘
리자베스?

엘리자베스　(양보하면서) 저는 당신이 얼마간 수치스럽게 느낀
다고 생각했어요. 제가 같이 있고 또 그 애도 아주 가
까이 있으니 말이에요.

프록터　언제나 나를 알게 될 텐가, 이 사람아? 내가 돌이었다
면 지난 일곱 달 동안에 수치심 때문에 갈라졌을 거요!

엘리자베스　그렇다면 애비게일한테 가서서 매춘부라고 말
하세요. 그 애가 눈치채고 있는 약속이 무엇이든 간
에…… 그걸 깨 버리세요, 존. 약속을 깨 버리세요.

프록터　(낮은 목소리로) 좋아, 그렇다면 가겠소. (총을 가지러
간다.)

엘리자베스 (떨며, 두려움에 차서) 아, 참으로 마지못해 하시는
          군요!

프록터   (아내를 향해 돌아서며, 총을 손에 든 채) 지옥의 가장 오
          래된 재보다 더 뜨겁게 그 애에게 저주를 퍼붓겠소.
          그러니 내 화를 돋우지 마시오!

엘리자베스 화라니요! 전 다만 당신께 부탁할 뿐…….

프록터   이봐, 내가 그렇게 비열하오? 당신 정말 날 비열하다
          고 생각하오?

엘리자베스 당신이 비열하다고는 결코 말하지 않았어요.

프록터   그럼, 어째서 그런 약속을 했다고 나를 비난하는 것이
          오? 수말이 암말한테 하는 약속을 난 그 애한테 했소!

엘리자베스 그럼 왜 그 약속을 깨뜨리라고 요청했을 때 제게
          화를 내셨나요?

프록터   그것이 허위이고, 난 결백하기 때문이었소! 그러나
          더 이상 간청하지 않겠소! 당신의 영혼이 내 생애 단
          한 번의 실수에 휘감겨 있는 것을, 내가 그 실수로부
          터 자유로워지지 않으리라는 것을 난 이제 알았소!

엘리자베스 (외치면서) 당신은 자유로워질 수 있어요. 제가 당
          신의 유일한 아내고, 저 말고는 없다는 것을 알게 되시
          면요! 그 애는 아직도 당신에게 화살을 박고 있어요,
          존 프록터. 그리고 당신도 그 사실을 잘 알고 있어요!

(갑자기, 허공에서 나타난 듯 사람의 그림자가 문간에 나타난다. 프
록터와 엘리자베스, 흠칫 놀란다. 헤일 목사다. 그는 지금 달라져 있

다. 약간 찡그린 채로, 그의 태도에서는 지금 공손하고, 심지어는 죄를 지은 것 같은 느낌마저 든다.)

헤일   안녕하십니까?

프록터   (여전히 충격을 받은 채) 아, 헤일 목사님! 안녕하십니까. 들어오십시오, 들어오십시오.

헤일   (엘리자베스에게) 놀라게 해 드린 게 아니었으면 합니다.

엘리자베스 아, 아니에요. 단지 말발굽 소리를 듣지 못해서…….

헤일   당신이 프록터 부인이시군요.

프록터   네, 엘리자베스입니다.

헤일   (고개를 끄덕인 뒤) 아직 주무실 시간은 아니길 바랍니다.

프록터   (총을 내려놓으며) 아니, 아닙니다. (헤일, 거실 안쪽으로 들어온다. 프록터 자신이 당황한 이유를 설명하려고 한다.) 어두워진 후에 손님을 맞은 적이 없어서요. 그러나 목사님은 환영입니다. 앉지 않으시겠습니까?

헤일   그러죠. (앉는다.) 앉으시지요, 프록터 부인.

(엘리자베스, 헤일에게 시선을 고정시킨 채 앉는다. 헤일이 방 안을 둘러보는 동안 침묵이 흐른다.)

프록터   (침묵을 깨뜨리며) 사과주 좀 드시겠습니까? 헤일 목사님.

헤일　아니, 제 위에는 좋지 않을 겁니다. 게다가 오늘 밤 좀 더 돌아다녀야만 하니까요. 자, 앉으세요. (프록터, 앉는다.) 오래 걸리지는 않습니다만, 당신에게 용무가 있습니다.

프록터　법정 일입니까?

헤일　아니, 아니요, 법정의 직권이 아니라, 저 스스로 온 것입니다. 들어 보시지요. (입술을 축인다.) 당신이 혹 알고 계시는지도 모르겠습니다만, 당신 부인의 이름이 법정에서 언급됐습니다.

프록터　알고 있습니다, 목사님. 우리 집에 있는 메리 워렌이 말해 주었지요. 저흰 아주 놀랐습니다.

헤일　아시다시피 전 여기서 이방인입니다. 그리고 제가 잘 모르기 때문에 법정에 선 피고인들에 대해 분명한 견해를 갖기가 어렵다는 것을 알게 되었습니다. 그래서 오늘 오후, 그리고 지금 이 밤중에 이 집 저 집을 돌아다니는 것입니다. 지금 레베카 너스의 집에서 오는 길입니다.

엘리자베스　(충격을 받는다.) 레베카가 고발되다니!

헤일　그런 분을 고발하는 것은 하느님이 금하십니다. 그러나, 그분도…… 얼마간 언급이 됐습니다.

엘리자베스　(웃으려고 애쓰면서) 바라건대, 목사님께서는 레베카가 악마와 거래를 했다고는 믿지 않으시겠지요.

헤일　부인, 그건 가능합니다.

프록터　(깜짝 놀라며) 결단코 그렇게 생각할 수는 없습니다.

헤일   지금은 이상한 때입니다. 극악무도하게 이 마을을 공
      격하려고 어둠의 세력이 집결해 있는 것을 더 이상 의
      심할 사람은 없을 것입니다. 이 사실을 부정하기에는
      지금 너무도 많은 증거가 있습니다. 당신도 동의하시
      겠죠?

프록터 (회피하면서) 저는 그 방면에 대해선 아는 것이 없습
      니다. 그렇지만 칠십 년간 경건한 기도를 올린 그렇게
      신앙심 깊은 부인이 악마의 비밀스러운 암캐였다고
      는 생각하기 어렵지요.

헤일   그렇습니다. 그러나 악마는 교활한 작자입니다. 이건
      부정할 수 없으시겠죠. 그렇지만, 그 부인은 고발과는
      거리가 멉니다. 저도 부인이 고발당하지 않으리라는
      걸 알아요. (침묵) 저는, 허락하신다면 이 집안의 기독
      교적 성격에 관해서 몇 가지 질문을 하려고 합니다.

프록터 (냉랭하게, 분개해서) 아, 저희는 질문을 겁내지 않습니
      다, 목사님.

헤일   그렇다면, 좋습니다. (좀 더 편안한 자세가 된다.) 패리
      스 목사가 가지고 있는 기록부에 보면 두 분은 안식일
      에 거의 교회에 나오지 않았더군요.

프록터 아닙니다. 목사님이 잘못 아신 겁니다.

헤일   열일곱 달 동안에 스물여섯 번이었습니다. 그건 아주
      드문 출석이라고 할 수 있지요. 왜 그렇게 빠졌는지
      말해 주시겠습니까?

프록터 목사님, 제가 교회에 가든 집에 있든 그 사람한테 이

유를 설명해야만 하는 줄은 전혀 몰랐습니다. 제 아내가 이번 겨울 내내 아팠습니다.

헤일   그렇다고 들었습니다. 그렇지만 당신 혼자서는 나올 수 없었습니까?

프록터   갈 수 있을 때는 분명히 나갔지요. 갈 수 없을 때는 집에서 기도를 드렸습니다.

헤일   프록터 씨, 당신 집은 교회가 아닙니다. 당신이 믿는 교리가 그걸 말하고 있잖소.

프록터   그렇지요, 목사님. 그렇습니다. 제가 믿는 교리는 제단 위에 황금 촛대가 없어도 목사는 하느님께 기도드릴 수 있다고 말해 줍니다.

헤일   무슨 황금 촛대 말입니까?

프록터   저희가 교회를 지은 이래로 제단에는 백납 촛대가 있었어요. 프랜시스 너스가 촛대를 만들었습니다. 아시겠습니까, 백납으로 이보다 더 아름답게 만들 수는 없지요. 그러나 패리스 목사가 오자, 스무 주일 동안 오로지 황금 촛대에 대해서만 설교를 했던 것입니다. 황금 촛대를 갖게 될 때까지 말입니다. 저는 꼭두새벽부터 밤이 될 때까지 밭에서 일을 합니다. 사실대로 말씀드리면, 하늘을 쳐다볼 때 제 돈이 그의 팔꿈치에서 번쩍이는 것을 보면…… 기도가 잘 안 됩니다. 목사님, 기도를 망쳐요. 전 때때로 그 사람이 판자로 된 집회소가 아닌 대성당을 꿈꾸고 있다고 생각합니다.

헤일   (생각에 잠긴다. 그러고 나서) 그렇지만, 프록터 씨, 안식일에 기독교인은 교회에 있어야 합니다. (잠시 중단) 댁에는 애들이 셋이지요?

프록터   네, 사내아이들입니다.

헤일   어떻게 돼서 두 아이만 세례를 받게 됐습니까?

프록터   (말을 하려다가 중단한 뒤 참을 수 없다는 듯) 패리스 목사가 제 아기 위에 손을 얹는 것이 싫었습니다. 그 사람에게서는 하느님의 빛을 볼 수가 없습니다. 이걸 숨기지는 않을 겁니다.

헤일   프록터 씨, 분명히 말하지만, 그것은 당신이 결정할 문제가 아닙니다. 그 사람은 목사 안수를 받은 사람입니다. 따라서 하느님의 빛이 그에게 있습니다.

프록터   (분개하여 얼굴을 붉히면서도 미소를 지으려 애쓰면서) 헤일 목사님, 무엇을 의심하시는 겁니까?

헤일   아니, 아닙니다. 전 아무것도…….

프록터   저는 교회의 지붕에 못질을 했고, 문을 달았습니다.

헤일   아, 그러셨군요.! 그렇다면, 그건 좋은 증거입니다.

프록터   제가 너무 성급하게 패리스 목사를 책망한 것인지도 모릅니다만, 목사님께서는 저희가 신앙의 파괴를 원했다고 생각하셔서는 절대 안 됩니다. 속으로 그렇게 생각하신 거죠, 그렇죠?

헤일   (전적으로 양보하지는 않으면서) 저야…… 아, 당신 기록에는 취약한 구석이 있어요. 프록터 씨, 취약한 구석 말입니다.

엘리자베스   제 생각엔, 아마도 저희가 패리스 목사에 대해 너무 심했던 것 같습니다. 그래요, 하지만 우리 집에서는 결코 악마를 숭배한 적이 없습니다.

헤일 　(고개를 끄덕인다. 그 말을 곰곰이 생각한 다음 은밀한 시험을 관장하는 듯한 목소리로) 엘리자베스, 당신은 십계명을 알고 있습니까?

엘리자베스 　(주저하지 않고, 오히려 열렬하게) 물론 알고 있지요, 헤일 목사님. 제 삶에 비난받을 만한 것은 없습니다. 저는 하느님께 서약한 기독교인입니다.

헤일 　당신은 어떻습니까, 프록터 씨?

프록터 　(약간 불안하게) 저도…… 분명히 알고 있지요, 목사님.

헤일 　(엘리자베스의 솔직한 얼굴을 흘낏 쳐다본 뒤, 존을 바라본다.) 할 수 있으면 암송해 보십시오.

프록터 　십계명 말이지요.

헤일 　네.

프록터 　살인하지 말라.

헤일 　네.

프록터 　도둑질하지 말라. 네 이웃의 물건을 탐내지 말 것이며 우상을 만들어 섬기지 말라. 하느님의 이름을 헛되이 하지 말 것이며, 내 앞에 다른 신을 섬기지 말라. (약간 머뭇거리며) 안식일을 기억하고 거룩히 지킬지어다. (침묵 후) 네 부모를 공경하라. 거짓 증거를 하지 말라. 너 자신을 위해 우상을 만들어 섬기지 말라.

헤일 　그것은 두 번 말했습니다, 프록터 씨.

프록터 　(당황해서) 네. (기억해 내려고 안간힘을 쓴다.)

엘리자베스 (미묘하게) 간음이요, 존.

프록터 (마치 보이지 않는 화살이 가슴을 아프게 하는 듯) 그래.
(웃어넘기려 애쓰며 헤일을 향해) 목사님, 보시다시피
저희 두 사람 모두 다 십계명을 알고 있습니다. (헤일,
프록터만을 주시한다. 그에 대한 정의를 내리려는 시도에
골몰한 채다. 프록터는 점점 불안해한다.) 저는 조그만 실
수라고 생각하는데요.

헤일 프록터 씨, 교리는 요새입니다. 요새에 생긴 어떤 틈
도 사소하다고는 볼 수 없습니다.

(헤일은 자리에서 일어난다. 근심하는 표정이다. 깊은 생각에 잠겨
조금씩 걷는다.)

프록터 목사님, 이 집안에 악마 숭배는 없습니다.

헤일 그걸 기원합니다. 그러기를 진심으로 기원합니다. (두
사람을 바라본다. 미소를 띠려 하나 의혹의 빛이 분명하
다.) 그러면, 자…… 저는 가 보겠습니다.

엘리자베스 (자신을 억제하지 못하고) 헤일 목사님. (헤일 돌아선
다.) 저를 약간 의심하고 계신다는 생각이 드는데요?
그렇지 않으신가요?

헤일 (눈에 띄게 혼란스러워하며 애매하게) 프록터 부인, 저는
당신을 심판하지 않습니다. 제 의무는 법정의 신성한
지혜에 할 수 있는 한 보탬을 주는 것입니다. 두 분의
건강과 행운을 기원합니다. (존에게) 안녕히 계십시

오. (헤일, 밖으로 나가려고 한다.)

엘리자베스 (절망적인 어조로) 존, 목사님께 말씀드려야만 해요.

헤일 무엇을 말입니까?

엘리자베스 (고함치고 싶은 것을 눌러 참으며) 말하시겠어요?

(잠시 침묵. 헤일, 캐묻듯이 존을 바라본다.)

프록터 (힘겨워하며) 전, 저에게는 아무런 증거도 없고 제 말을 그대로 믿어 주시지 않는 한 증명할 도리는 없습니다. 그러나 아이들이 아픈 것은 마법과는 아무런 상관이 없다는 것을 알고 있습니다.

헤일 (걸음을 멈추고 깜짝 놀라서) 아무런 관계가 없다니요?

프록터 그 아이들이 숲 속에서 놀고 있는 것을 패리스 목사가 발견했죠. 그 아이들은 깜짝 놀라서 병이 들었던 것입니다.

(침묵.)

헤일 누가 이 말을 당신에게 했습니까?

프록터 (주저한 다음) 애비게일 윌리엄스입니다.

헤일 애비게일!

프록터 네.

헤일 (눈을 크게 뜨고) 애비게일 윌리엄스가 이 일이 마법과는 상관없다고 말했다고요!

프록터　목사님께서 오신 날 제게 그렇게 말했습니다.

헤일　　(의심스럽게) 어째서…… 어째서 이 일을 감추고 있었습니까?

프록터　오늘 저녁에야 비로소 세상이 이런 어리석은 일로 미쳐 날뛰고 있는 것을 알았습니다.

헤일　　어리석은 일이라고! 프록터 씨, 악마와 거래를 했다고 고백한 티투바, 세라 굿 그리고 그 밖의 많은 사람들을 나는 직접 심문해 보았습니다. 그들은 자백을 했습니다.

프록터　부인하면 교수형에 처해질 판인데 왜 자백하지 않겠습니까? 교수형을 당하지 않으려고 무엇이나 맹세하는 사람들이 있습니다. 그런 생각은 해 보지 않으셨습니까?

헤일　　생각해 보았지요. 전…… 전 정말로 생각해 보았지요. (스스로도 의심이 드나 애써 의심을 물리친다. 엘리자베스를 쳐다보고 나서 존을 쳐다본다.) 그러면 당신이, 당신이 법정에서 이 사실을 증언해 주시겠소?

프록터　저는 법정에 갈 것까지는 고려하지 않았습니다. 그러나 제가 반드시 가야 한다면 가겠습니다.

헤일　　이제 와서 망설이는 것이오?

프록터　망설이는 것은 아닙니다, 그러나 그런 법정에서 제 말을 믿어 줄 것인지가 의문입니다. 당신처럼 침착한 목사님마저 거짓말을 전혀 한 적이 없으며, 할 줄도 모르고, 그녀가 그렇다는 것을 세상이 다 알고 있는 그런 여인을 의심하고 계시니, 제가 의문을 갖는 것입니다. 좀 주저했을지도 모르지요, 목사님. 저는 바보가 아닙니다.

헤일   (조용히, 프록터의 말에 감명을 받는다.) 프록터 씨, 이제 내게 모든 것을 털어놓으시오. 왜냐하면 나를 괴롭히는 소문을 들었기 때문입니다. 당신은 이 세상에 마녀가 있다고는 믿지 않는다고 하던데요. 그것이 사실입니까?

프록터 (이것이 중대한 문제라는 사실을 알고 있다. 헤일에 대한 혐오감과 그런 질문에 답해야만 하는 자신에 대한 혐오감과 싸우면서) 제가 무슨 말을 했는지는 모릅니다. 그렇게 말했는지도 모르지요. 세상에 마녀가 있을까 하는 생각은 해 봤습니다. 비록 마녀들이 지금 우리들 가운데에 들어왔다고는 믿을 수 없지만요.

헤일   그렇다면 당신은 믿지 않는군요.

프록터 마녀에 대해선 아는 바가 없습니다. 성경에는 마녀에 대해 쓰여 있으니까 그것을 부인하지는 않겠습니다.

헤일   그러면 당신은, 프록터 부인?

엘리자베스 전, 전 믿을 수 없어요.

헤일   (충격을 받고) 믿을 수 없다고요!

프록터 엘리자베스, 당신은 목사님을 당황하시게 하고 있구려!

엘리자베스 (헤일에게) 목사님, 제가 해 온 것처럼 여인이 올바른 길을 가는데도 악마가 그 여인의 영혼을 소유할 수 있다고는 믿을 수 없습니다. 제가 선량한 여인이라는 것을 저는 알고 있습니다. 만약 목사님께서 제가 세상에서는 오로지 착한 일만을 하면서도 비밀히 악마와 관련을 맺고 있다고 믿으신다면 그렇다면 저는 이렇게 말할 수밖에 없습니다. 저는 악마가 있다는 것을 믿지 않는다고요.

헤일　그렇지만, 부인, 당신은 마녀가 있다고 믿으시면서…….

엘리자베스　목사님께서 저를 마녀라고 생각하신다면, 그렇다면 마녀는 없다고 말할 수 있습니다.

헤일　분명코 복음서를 거역할 수 없습니다. 복음서에는…….

프록터　제 아내는 복음서를 믿습니다. 말씀 모두를!

엘리자베스　애비게일 윌리엄스에게 복음서에 대해 물어보세요, 저한테 말고요!

(헤일, 엘리자베스를 응시한다.)

프록터　복음서를 의심한다는 뜻은 아닙니다, 목사님. 그렇게 생각하시면 안 됩니다. 이 집은 기독교 가정입니다, 목사님, 기독교 가정이에요.

헤일　하느님이 두 분을 보호하십니다. 셋째 아이도 곧 세례를 받도록 하시고 주일에는 빠지지 말고 안식일 기도에 참석하시오. 그리고 경건하고 조용한 태도로 지내시오. 내 생각으로는…….

(자일스 코리가 문간에 나타난다.)

자일스 존!

프록터 자일스! 무슨 일입니까?

자일스 집사람이 잡혀갔네.

(프랜시스 너스 등장)

자일스 그리고 저 집 레베카도!

프록터 (프랜시스에게) 레베카가 감옥에 있다니!

프랜시스 그래, 치버가 와서 마차에 실어 갔어. 우린 지금 막
감옥에서 오는 길일세. 그자들은 면회도 허락하지 않
았어.

엘리자베스 다들 지금 분명히 미쳐 버렸어요. 헤일 목사님!

프랜시스 (헤일에게 다가서며) 헤일 목사님! 부지사에게 말씀
해 줄 수 없겠습니까? 그분이 이 사람들을 잘못 생각
하고 있는 것이 틀림없습니다.

헤일 진정하십시오, 너스 씨.

프랜시스 제 집사람은 바로 교회의 벽돌이며 회반죽입니다, 헤
일 목사님. (자일스를 가리키며) 그리고 마사 코리로 말
하면, 그보다 하느님께 더 가까이 간 여자는 없습니다.

헤일 레베카의 혐의는 무엇입니까, 너스 씨?

프랜시스 (조롱조의 내키지 않는 웃음을 지으며) 살인죄로 고소
당했소. (비웃듯 체포 영장을 인용하면서) '퍼트넘 부인
의 아기들을 놀랍고도 초자연적인 방법으로 살해한
데 대해서.' 전 어떻게 해야 합니까, 헤일 목사님?

헤일　(프랜시스로부터 돌아서며, 깊은 고민에 빠진 채) 저를 믿으십시오, 너스 씨. 만약 레베카 너스가 타락했다면, 이 초록빛 세상 전체가 불타는 것을 막을 수가 없을 것이오. 법정의 공명정대함에 맡겨 두십시오. 법정은 레베카를 집으로 돌려보낼 것입니다. 전 압니다.

프랜시스　레베카가 법정에서 재판을 받는다는 뜻은 아니시겠지요!

헤일　(설득하면서) 너스 씨, 비록 우리의 가슴이 터진다 해도, 뒤로 물러설 수는 없습니다. 지금은 새로운 시대입니다. 분명치 않는 음모가 아주 교묘하게 진행 중이어서 옛 존경심과 우정에 매달리게 되면 죄인이 되는 것입니다. 저는 법정에서 너무나도 많은 무서운 증거들을 보았습니다. 악마가 세일럼에 살아 있습니다. 그래서 우리는 고발하는 손길이 가리키는 곳이면 어디든지 감히 겁내지 말고 쫓아가야만 합니다!

프록터　(화가 나서) 어떻게 그런 부인이 아기들을 살해할 수 있단 말입니까?

헤일　(매우 고통스러워하며) 이보세요, 기억하시오. 악마가 지옥으로 떨어지기 한 시간 전까지만 해도 하느님은 천국에서 그를 아름답다고 생각하셨다는 것을.

자일스　난 내 아내가 마녀라고 말한 적이 결코 없어요, 헤일 목사님. 난 단지 집사람이 책을 읽고 있었다고 말했을 뿐이오!

헤일　코리 씨, 정확히 부인이 고소된 이유는 무엇입니까?

자일스 　그 못된 잡종 같은 월콧 녀석이 내 아내를 고소했소. 아시다시피 그 녀석이 사오 년 전에 집사람의 돼지 한 마리를 사 갔는데, 그 돼지가 곧 죽어 버렸지요. 그래서 그 녀석이 돈을 되돌려 달라고 펄쩍 뛰며 왔어요. 그래서 우리 마사가 이렇게 말해 주었소. "월콧 씨, 돼지 한 마리 제대로 키우는 지혜도 없다면, 돼지를 많이 치기는 글렀어요."라고 말이죠. 이제 그놈이 법정에 가서는 우리 마사가 책으로 돼지들에게 마법을 걸었기 때문에 그때부터 지금까지 돼지를 사 주 이상 키우지 못했다고 고소를 한 거요!

(에제킬 치버 등장. 충격을 받아 침묵이 흐른다.)

치버 　안녕하시오, 프록터 씨.

프록터 　아, 치버 씨, 안녕하시오.

치버 　모두들 안녕하십니까? 헤일 목사님, 안녕하십니까?

프록터 　법정 일로 오시지 않았기를 바랍니다.

치버 　바로 그 일 때문에 왔습니다. 아시다시피 난 지금 법정 서기입니다.

(헤릭 경찰서장 등장. 30대 초반의 남자로 지금은 약간 수줍은 표정이다.)

자일스 　에제킬, 천당에 갈 수도 있는 정직한 재단사가 지옥에서 불에 타야만 한다니 딱한 일이로군. 이 일로 해서 네놈은 지옥 불에 탈 거야, 그거 아냐?

치버   나는 지시받은 대로 해야만 한다는 걸 당신도 알고 있지 않소. 자일스, 당신은 분명히 알고 있어요. 나를 지옥에 보내지 않는 것이 나을 거요. 말해 두지만 그런 소리는 좋아하지 않거든. 지옥 소리는 좋아하지 않는단 말이오. (프록터를 두려워하면서도 윗옷 속으로 손을 뻗친다.) 자, 내 말을 믿으세요. 프록터 씨, 법이 얼마나 무거운지를, 오늘 밤 나는 법의 무게를 모두 내 등에 지고 다닙니다. (영장을 꺼낸다.) 당신 부인에 대한 영장입니다.

프록터   (헤일에게) 내 아내가 고소당하지 않았다고 말했지요!

헤일   난 전혀 모르는 일입니다. (치버에게) 언제 이 부인이 고소를 당했소?

치버   저는 오늘 밤 열여섯 사람 분의 영장을 받았는데 이 부인도 그중 하나입니다.

프록터   누가 고소를 했소?

치버   저, 애비게일 윌리엄스가 고소를 했지요.

프록터   무슨 증거로, 무슨 증거로 말이오?

치버   (방을 둘러보며) 프록터 씨, 난 시간이 없습니다. 법정은 나더러 당신 집을 수색하라는 명령은 내렸지만, 난 집 안을 수색하기는 싫습니다. 그러니 당신 부인이 집 안에 가지고 있는 인형들이나 넘겨주겠소?

프록터   인형들이라니?

엘리자베스 전 어린 시절 이후로는, 인형들을 갖고 있지 않아요.

치버 (당황하며 메리 워렌의 인형이 놓인 벽난로 선반을 흘낏 보면서.) 인형을 찾았어요, 프록터 부인.

엘리자베스 아! (인형을 가지러 가며) 이것은 메리 거예요.

치버 (조심스레) 그것을 제게 주시겠습니까?

엘리자베스 (인형을 치버에게 넘겨주면서, 헤일에게 묻는다.) 법정에선 이제 인형 속에서 성경 구절이라도 발견했나요?

치버 (조심스레 인형을 잡으며) 이 집에 다른 인형은 없습니까?

프록터 없소. 이것도 오늘 저녁까지는 없었던 것이오. 인형이 무엇을 뜻하는 것이오?

치버 아, 인형은 (아주 신중하게 인형을 뒤집는다.) 인형이 뜻하는 것은…… 자, 부인, 나와 함께 가시겠소?

프록터 갈 수 없소! (엘리자베스에게) 메리를 이리로 데려와요.

치버 (서투르게 엘리자베스를 향해 손을 뻗치며) 안 됩니다, 안 돼요. 부인에게서 눈을 떼어 놓지 말라는 명령이오.

프록터 (치버의 팔을 밀어내며) 당신의 눈과 마음속으로부터 엘리자베스를 떼어 놓으시오. 엘리자베스, 메리를 데려와요. (엘리자베스 2층으로 올라간다.)

헤일 치버 씨, 인형이 무엇을 뜻합니까?

치버 (손안에서 인형을 돌리며) 네, 사람들 말이 이것이 뜻하는 것은…… (인형의 치마를 들춘다. 그러고 나서 놀라 두려움으로 눈이 휘둥그레진다.) 아, 이것이, 이것이…….

프록터 (인형을 잡으려 손을 뻗치며) 무엇이 있소?

치버 아…… (인형에게서 긴 바늘 한 개를 뽑아낸다.) 이것은
바늘이오! 헤릭, 헤릭, 바늘이 있어요!

(헤릭, 그에게로 온다.)

프록터 (성을 내며, 당황해서) 그래, 바늘이 무엇을 뜻한단 말
이오!
치버 (손을 떨면서) 아, 댁의 부인한테 어렵게 되겠는걸요.
프록터 씨, 이건 의심은 했는데, 프록터 씨, 의심은 했
습니다만 이건 재앙입니다. (헤일에게 바늘을 보이며)
보십시오, 목사님, 바늘입니다.
헤일 뭐요? 그것이 어찌 됐단 말이오?
치버 (눈을 크게 뜨고 떨면서) 그 아이, 윌리엄스, 애비게일
윌리엄스 말입니다, 목사님. 그 애가 오늘 저녁 패리
스 목사 집에서 저녁 식사를 할 때, 무슨 말이나 예고
도 없이 마룻바닥에 넘어졌습니다. 패리스 목사 말로
는 얻어맞은 짐승처럼요. 그리고 나시 황소도 들으면
눈물을 흘릴 것 같은 비명을 질렀다는 겁니다. 그 애
를 부축하러 다가선 패리스 목사가 그 애 배 속에 2인
치가량 꽂혀 있는 바늘을 잡아 뺐답니다. 그러고는 어
떻게 해서 찔렸는가 하고 물으니까 그 애는 (이제 프록
터를 향해서) 당신 부인이 부리는 혼령이 바늘을 꽂았
다고 증언을 했답니다.
프록터 아니, 그 애 자신이 그런 것이오! (헤일에게) 목사님,

이것을 증거로 삼지 않으시길 바랍니다.

(헤일, 증거에 충격을 받고, 아무 말이 없다.)

치버   이것은 아주 확고한 증거입니다! (헤일에게) 저는 이 집에서 프록터 부인이 갖고 있던 인형을 찾아냈습니다. 제가 찾아냈습니다, 목사님. 그리고 인형의 배에는 바늘이 꽂혀 있었어요. 진실로 말하지만, 프록터 씨, 나는 이런 지옥의 증거를 보리라고는 결코 장담하지 않았어요. 나를 방해하지 마시길 바랍니다. 왜냐하면 나는······.

(메리 워렌을 데리고 엘리자베스 나타난다. 프록터, 메리 워렌을 보고서 그녀의 팔을 잡고 헤일에게 간다.)

프록터   자, 이것 봐, 메리! 어떻게 해서 이 인형이 우리 집에 들어오게 되었지?

메리 워렌   (자신에 대한 위협을 느끼고서, 매우 작은 목소리로) 무슨 인형 말인가요, 주인님?

프록터   (성급하게, 치버의 손에 있는 인형을 가리키며) 이 인형 말이야, 이 인형.

메리 워렌   (애매하게, 인형을 보면서.) 아, 제······ 제 생각엔 제 것 같은데요.

프록터   이것은 네 인형이지, 그렇지?

메리 워렌 (이 질문의 방향을 이해하지 못한 채) 그, 그렇습니다. 주인님.

프록터 그리고 이것이 어떻게 돼서 이 집에 오게 됐지?

메리 워렌 (탐욕스러운 얼굴들을 둘러보면서) 아…… 제가 이걸 법정에서 만들었어요, 주인님. 그리고 오늘 저녁 프록터 부인께 드렸어요.

프록터 (헤일에게) 자, 목사님…… 들으셨지요?

헤일 메리 워렌. 이 인형 속에서 바늘이 나왔단다.

메리 워렌 (당황하며) 아, 해를 끼치려는 뜻은 아니었어요, 목사님.

프록터 (재빠르게) 네가 그 바늘을 꽂은 거지?

메리 워렌 네, 제가 한 것 같아요, 주인님. 제가…….

프록터 (헤일에게) 자, 어떻습니까?

헤일 (메리 워렌을 찬찬히 살펴보며) 얘야, 그게 네 진짜 기억인 것이 확실하냐? 어쩌면, 누군가가 네게 마법을 걸어서 지금 이렇게 말하도록 시키는 것은 아니냐?

메리 워렌 제게 마법을 건다고요? 아닙니다, 목사님. 전 말짱한 제정신인걸요. 수재너 월콧에게 물어보세요. 제가 법정에서 바느질하는 걸 그 애가 보았어요. (더 좋은 증거를 들기 위해) 애비한테 물어보세요. 제가 인형을 만들 때 애비가 제 곁에 앉아 있었어요.

프록터 (헤일에게 치버를 가리키며) 저 사람더러 가라고 명령하십시오. 이제 목사님 마음은 확실히 결정됐습니다. 저 사람더러 나가라고 명령하십시오, 목사님.

116

엘리자베스 바늘에 무슨 뜻이 있대요?

헤일   메리…… 너는 애비게일에게 냉혹하고 잔인한 살인
        죄를 뒤집어씌우는 거다.

메리 워렌 살인죄라고요! 전 죄를 씌우는 게 아니…….

헤일   에비게일이 오늘 저녁 바늘에 찔렸다. 그 애 배에 바
        늘이 꽂혀 있는 것이 발견됐어.

엘리자베스 그래서 그 애가 저를 고발했나요?

헤일   네.

엘리자베스 (숨이 막히는 듯) 뭐라고요! 그 애가 사람을 잡는
        군! 그 애는 이 세상에서 몰아내야만 해요!

치버   (엘리자베스를 가리키며) 목사님, 저 소리 들으셨지요!
        세상에서 몰아내야만 한다고요! 헤릭, 자네도 들었지!

프록터   (갑자기 치버의 손에서 영장을 낚아채며) 나가시오!

치버   프록터, 감히 영장에 손을 대다니.

프록터   (영장을 찢으며) 나가요!

치버   부지사의 영장을 찢었소, 프록터!

프록터   빌어먹을 놈의 부지사 같으니! 내 집에서 나가!

헤일   자, 프록터 씨, 프록터 씨!

프록터   저들과 함께 당신도 나가시오! 당신은 엉터리 목사요.

헤일   프록터 씨, 부인이 결백하다면, 법정은…….

프록터   "부인이 결백하다면"이라고요! 어째서 당신은 패리
        스와 애비게일이 결백한지는 결코 의심해 보지 않는
        겁니까? 이제는 고소하는 자들만이 항상 거룩한 겁
        니까? 그자들이 하느님의 손가락같이 순결하게, 오

늘 아침 태어나기라도 했단 말입니까? 세일럼을 돌아다니고 있는 것이 무엇인지 말해 드리겠소. 복수가 세일럼을 돌아다니고 있소. 세일럼에 있는 우리들은 전과 다름없이 그대로인데, 이제 미친 아이들이 천국의 열쇠를 쩔그렁거리고 있는 것이오. 그리고 저열한 복수가 법을 만들고 있소! 이 영장은 복수입니다! 나는 내 아내를 복수에 넘겨주지 않겠소!

엘리자베스   저는 가겠어요, 존.

프록터   가선 안 돼!

헤릭   밖에 아홉 명의 부하가 있소. 부인을 못 가게 할 수는 없소. 나는 법에 대한 의무가 있소. 내가 어떻게 할 수 없는 문제요.

프록터   (헤일에게, 달려들듯이) 잡혀가는 것을 보기만 하시겠소?

헤일   프록터 씨, 법정은 공정합니다.

프록터   본디오 빌라도*! 당신이 이 일에서 손을 씻는 것을 하느님은 허락하지 않으실 거요!

엘리자베스   존, 제가 저 사람들과 함께 가야만 할 것 같아요. (프록터, 아내를 차마 볼 수가 없다.) 메리, 내일 아침에 먹을 빵은 충분하니까, 오후엔 빵을 구워야 한다. 친딸처럼 주인님을 도와 드려라. 넌 내게 그 정도는 해줘야 해. 그보다 더한 것도 말이다. (울음을 참으려 애쓰

---

* 유태 지방의 로마 총독으로 예수가 십자가형에 처형되도록 유대인에게 그를 넘겨주었다.

며 프록터에게) 아이들이 깨어나면 마법 이야기는 일
절 마세요. 아이들이 놀랄 테니까요. (더 이상 말을 하
지 못한다.)

프록터 내가 당신을 집으로 데려오리다. 곧 집으로 데려오
리다.

엘리자베스 아, 여보, 곧 데리러 오세요!

프록터 난 바다처럼 그 법정을 덮치겠소! 아무것도 두려워
마시오, 엘리자베스.

엘리자베스 (몹시 두려워하며) 아무것도 겁내지 않겠어요. (마
치 마음속에 간직하려는 듯 엘리자베스, 방 안을 둘러본
다.) 애들한테는 제가 병문안을 갔다고 말하세요.

(엘리자베스, 문밖으로 걸어 나간다. 헤릭과 치버, 그녀 뒤를 따른다.
잠시 동안 프록터, 문간에서 바라본다. 쇠사슬의 절그럭거리는 소리
가 들린다.)

프록터 헤릭! 헤릭! 쇠사슬을 채우지 마! (문밖으로 뛰쳐나
간 뒤 밖으로부터) 빌어먹을 놈 같으니, 사슬을 채우지
마! 집어치워! 그렇게는 할 수 없어! 엘리자베스에게
사슬을 채우게 하지는 않겠어!

(프록터의 소리에 맞선 다른 남자들의 소리가 들린다. 죄의식과 불
확신으로 고양된 헤일, 이 광경을 보지 않으려고 문간에서 돌아선다.
메리 워렌, 울음을 터뜨리며 앉아서 운다. 자일스 코리, 헤일에게 말

을 건다.)

자일스   아직도 침묵을 지키시오, 목사님? 이건 사기요. 당신
         도 이것이 사기인 줄 알고 있소! 무엇 때문에 가만히
         있는 거요?

(프록터, 두 명의 대리인과 헤릭에게 반은 부축받듯, 반은 질질 끌리
다시피 하여 거실 안으로 들어온다.)

프록터   헤릭, 갚아 주겠어. 분명히 내가 자네한테 갚아 주겠어!
헤릭   (숨을 헐떡이며) 하느님의 이름을 걸고서, 존, 난 어쩔
         수가 없네. 난 그 사람들 모두에게 쇠사슬을 채워야만
         해. 내가 갈 때까지 이 집 안에만 있게! (그의 대리인들
         과 함께 헤릭, 퇴장한다.)

(숨을 헐떡이며 프록터, 방 안에 서 있다. 말과 삐걱거리는 마차 소리
가 들린다.)

헤일   (큰 의혹에 사로잡혀) 프록터 씨…….
프록터   내 눈앞에서 꺼지시오!
헤일   자비를 베푸시오, 프록터 씨, 자비를. 제가 들은 부인
         에게 유리한 일들을, 두려워하지 않고 법정에서 증언
         하겠소. 유감스럽게도 저는 부인이 유죄인지 아닌지
         를 판단할 수가 없습니다. 저는 알 수가 없습니다. 딱

하나 염두에 두셨으면 하는 일이 있는데 바로 세상이 미쳐 돌아간다는 겁니다. 그러니 당신이 이 일의 원인을 한 여자애의 복수심에서 비롯된 것이라고 말한다 해도 별로 득이 되진 않을 거요.

프록터 당신은 비겁자야! 비록 당신이 하느님의 눈물 속에서 성직자로 임직되었다 해도, 이제 비겁자라고!

헤일 프록터 씨, 하느님이 그처럼 사소한 이유로 이렇듯 크게 진노하실 거라고는 생각지 않습니다. 감옥은 만원이고, 가장 권위 있는 재판관들이 지금 세일럼에 있으며, 교수형이 예정되고 있습니다. 이봐요, 여기 그럴 만한 원인에 주의해야 합니다. 혹시 살인이 있었지만 완전히 묻힌 것은 아닌가? 추악한 행위는 없었는가? 악취가 하늘까지 닿을 비밀스러운 신성 모독은 없었는가? 원인에 대해서 생각해 보시오, 프록터 씨. 저를 도와 그 원인을 찾아 주시오. 왜냐하면 그것이 당신이 해야 할 일이기 때문입니다. 믿어 주십시오. 이 같은 혼란이 세상을 엄습할 때는 그것이 해야만 할 유일한 일입니다. (헤일, 자일스와 프랜시스에게로 걸어간다.) 여러분들끼리 상의해 보시오. 여러분의 마을에 대해서 생각해 보시고 무슨 일 때문에 하늘로부터 이처럼 벼락같은 분노가 모두에게 내리게 됐는지 생각해 보시오. 우리의 눈이 열리도록 하느님께 기도하겠소.

(헤일, 퇴장한다.)

프랜시스 (헤일의 분위기에 충격을 받고) 세일럼에서 살인이 행
해졌다는 말을 들어 본 적이 없는데.

프록터 (헤일의 말에 영향을 받았다.) 날 혼자 있게 해 줘요. 프
랜시스, 혼자 있게 내버려 둬요.

자일스 (동요하며) 존…… 말해 봐. 우리가 진 것인가?

프록터 자, 집에 가세요, 자일스 영감님. 거기에 대해선 내일
말합시다.

자일스 잘 생각해 봐. 내일 일찍 올까, 응?

프록터 네. 이제 가 보세요, 자일스.

자일스 그럼, 잘 있게.

(자일스 코리, 퇴장한다. 잠시 후.)

메리 워렌 (두려움에 찬 거친 소리로) 프록터 씨, 틀림없는 증거
만 보여 주면 부인을 집에 돌려보낼 거예요.

프록터 메리, 나와 함께 법정에 가는 거다. 법정에 가서 그 말
을 해야 돼.

메리 워렌 전 애비게일에게 살인 혐의를 씌울 수 없어요.

프록터 (메리를 향해 위협적으로 다가서며) 법정에 가서 어떻게
돼서 그 인형이 이 집에 오게 됐으며 누가 바늘을 꽂
았는가를 말해야 돼.

메리 워렌 그런 말을 하면 애비게일은 절 죽일 거예요! (프록

터, 계속해서 메리에게 다가간다.) 애비는 주인님을 음란 행위로 고소할 거예요!

프록터   (멈칫거리며) 그 애가 네게 말했구나!

메리 워렌   알고 있었어요. 애비는 그 문제로 주인님을 파멸시 킬 거예요. 그 애가 그러리라는 것을 저는 알아요.

프록터   (주저하면서, 자신에 대한 깊은 혐오감을 느끼며) 좋아, 그 렇게 되면 그 애의 성녀 놀음은 끝나는 것이지. (메리, 프록터로부터 물러난다.) 우리는 함께 지옥에 떨어지는 거야. 넌 네가 알고 있는 것을 법정에서 말해야 돼.

메리 워렌   (공포에 차서) 전 할 수 없어요. 그 애들이 저를 몰아 세울 텐데요.

(프록터, 성큼 걸어가 메리를 붙잡는다. 메리는 "전 할 수 없어요. 할 수 없어요."를 되풀이한다.)

프록터   내 아내가 나 때문에 죽게 할 수는 없어! 내가 네 입에 용기를 넣어 주지. 하지만 그런 착한 여인이 나 때문 에 죽지는 않게 할 거야!

메리 워렌   (프록터에게서 빠져나가려고 애쓰면서) 전 그렇게 할 수 없어요. 못 하겠어요!

프록터   (마치 목을 조르려는 듯이 메리의 목을 잡으면서) 마음을 편히 가지도록 해라! 지금 지옥과 천국이 등 뒤에서 싸우고 있어. 모든 낡은 허위는 떨어져 나갔다. 마음 을 편히 먹어! (프록터, 메리를 마루 위로 떠민다. 메리, 흐느끼면서 "할 수 없어요, 할 수 없어요."라고 한다. 프록터, 앞을 응시한 채, 열린 문을 향하면서 이제 반쯤은 자신에게 말한다.) 조용히 해. 크게 달라진 건 없어, 다만 하느님의 섭리일 뿐. 우리는 항상 그래 왔던 대로이지만, 지금은 벌거벗은 것뿐이지. (마치 거대한 공포를 향해 가듯이, 열린 하늘을 향해, 걸어가면서) 그래, 벌거벗었어! 그리고 바람이, 하느님의 얼음장 같은 바람이, 불어올 거야!

(메리 워렌이 흐느끼면서 "전 할 수 없어요, 할 수 없어요" 하고 계속 되풀이한다.)

　막이 내린다.*

---

* 2막 2장은 처음 공연 때는 포함됐으나 그 후 밀러 연극 전집에 실릴 때는 작가에 의해서 삭제되었다. 대부분의 연극 공연에서 이 장면은 다루지 않았으며 1965년 로렌스 올리비에가 연출한 런던 공연 때도 이 장면은 제외됐다. 여기서는 4막 뒤에 부록으로 실었다.

3막

세일럼 교회의 성구실이 지금은 주 법정의 대기실로 사용되고 있다.

막이 오르면 방은 비어 있다. 그러나 뒷벽의 높은 두 창문을 통해 햇빛이 쏟아져 들어온다. 실내는 엄숙하고 무시무시하기까지 하다. 묵직한 대들보가 튀어나와 있고, 폭이 제각기인 판자들이 벽을 이루고 있다. 오른편에는 교회 본당으로 통하는 문이 두 개 있다. 교회 본당에서는 법정이 열리는 중이다. 왼편에는 밖으로 나가는 다른 문이 있다.

왼쪽에 평범한 벤치가 하나 있고, 오른쪽에도 또 하나가 있다. 중앙에는 다소 기다란 회의용 테이블이 있으며, 등받이 없는 의자들과 꽤 괜찮은 안락의자 하나가 테이블에 가까이 잘 정돈되어 있다.

오른편에 있는 칸막이벽을 통해서 검사인 해손 판사의 심문하는 목소리가 들린다. 그런 다음 여자 목소리, 즉 마사 코리의 대답 소리가 들린다.

해손의 목소리 자, 마사 코리. 그대가 점술에 몰두해 있다는 것을 보여 주는 많은 증거들이 우리 수중에 있다. 그대는 이 사실을 부인하는가?

마사 코리의 목소리 마녀라는 데에 대해서 저는 결백합니다. 마녀가 무엇인지도 모릅니다.

해손의 목소리 그렇다면 그대가 마녀가 아니라는 것은 어떻게 알 수 있는가?

마사 코리의 목소리 제가 마녀라면, 알았을 테지요.

해손의목소리 어째서 이 애들을 해쳤는가?

마사 코리의 목소리 저는 애들을 해치지 않았습니다. 터무니없는 소리입니다!

자일스의목소리 (고함을 치며) 법정에 제출할 증거를 갖고 있소!

(마을 사람들의 목소리가 흥분에 차서 고조된다.)

댄포스의목소리 자리에 앉으시오!

자일스의목소리 토머스 퍼트넘이 땅을 차지하려는 거요!

댄포스의목소리 저 사람을 퇴정시키시오, 경찰서장!

자일스의목소리 부지사님은 거짓말을 듣고 있습니다, 거짓말을요!

(사람들의 고함 소리가 커진다.)

해손의 목소리 저자를 체포하십시오, 부지사님!

자일스의 목소리 내겐 증거가 있다고. 왜 내 증거를 듣지 않으려 합니까?

(문이 열리고 자일스가 헤릭에 의해 성구실로 반쯤 끌려오다시피 들어온다.)

자일스 손을 치워, 빌어먹을 놈. 날 놔 줘!

헤릭 자일스, 자일스!

자일스 꺼져 버려, 헤릭! 난 증거를 가져왔어.

헤릭 당신은 저 안으로는 들어갈 수 없어요. 자일스, 저긴 법정이오!

(법정 쪽에서 헤일이 들어온다.)

헤일 제발 잠깐만 조용히 하시오.

자일스 헤일 목사, 목사님이 저 안에 들어가서 내가 말할 수 있게 얘기 좀 해 주시오.

헤일 잠깐만, 잠깐만요.

자일스 저 사람들이 내 마누라를 교수형에 처할 거라고요!

(해손 판사 등장. 60대의 냉혹하고 무자비한 세일럼 판사다.)

해손   어찌 감히 고함을 치며 법정 안으로 들어온단 말인
        가? 자네 미쳤나, 코리?

자일스   해손 씨, 아직은 보스턴 판사가 된 것도 아니잖아. 당
        신, 나한테 미쳤다고 할 수는 없어!

(부지사인 댄포스, 그 뒤로 에제킬 치버와 패리스, 들어온다. 부지사
가 나타나자 침묵이 흐른다. 댄포스는 60대의 근엄한 남자로, 유머
감각도 있고 세련되었지만 신분과 대의에 대한 엄격한 성실함에 누
를 끼치지 않을 정도로만 그렇다. 댄포스는 자신의 분노를 기다리고
있는 자일스에게로 간다.)

댄포스   (똑바로 자일스를 쳐다보며) 이 사람은 누구인가?

패리스   자일스 코리라고 합니다, 부지사님. 말다툼을 아주 좋
        아하는……

자일스   (패리스에게) 내가 질문을 받았어. 그리고 난 대답할
        수 있을 만큼은 나이를 먹었지! (댄포스에게 깊은 인상
        을 받고 긴장한 가운데도 미소를 지으며) 제 이름은 자일
        스입니다, 부지사님. 자일스 코리입니다. 저는 600에
        이커의 땅과 그 외에도 산림지를 갖고 있습니다. 지금
        부지사님께서 유죄 판결을 내리고 계신 여자가 제 집
        사람입니다. (자일스, 법정을 가리킨다.)

댄포스   이처럼 법정을 모독하는 소동으로 어떻게 아내의 소
        송 사건을 도울 수 있다고 생각하시오? 이제 물러가
        시오. 나이 덕택에 소란 죄로 투옥하는 건 면하게 될

테니.

자일스   (탄원을 시작하며) 저 사람들은 제 집사람에 대해서 거
        짓말을 하고 있습니다. 부지사님, 저는…….

댄포스   이 법정이 무엇을 믿고 무엇을 무효로 하는가 결정짓
        는 것을 직접 하겠다는 말인가?

자일스   부지사님, 저희는 무례한 짓을 하려는 뜻은 전혀…….

댄포스   정말 무례하군! 이봐, 이것은 파괴 행위야. 여기는 이
        주 최고 정부의 최고 법정이다. 그걸 알고 있나?

자일스   (울음을 터뜨리며) 부지사님, 저는 다만 제 집사람이 책
        을 읽고 있었다고 말했을 뿐입니다. 그런데 사람들이
        와서 제 처를 집에서 끌어내 갔습니다.

댄포스   (어리둥절해서) 책이라니! 무슨 책인가?

자일스   (절망적으로 흐느끼는 가운데) 그 사람은 제 세 번째 아
        냅니다. 부지사님. 그렇게 책을 좋아하는 아내는 처음
        이었습니다. 그래서 그 원인을 알아내려고 한 거예요.
        아시겠습니까? 그러나 제 처를 마녀라고 비난한 것
        은 아닙니다. (아예 엉엉 운다.) 그 사람에게 관용을 베
        풀지 못했습니다. 제 처에게 관용을 베풀지 못했지요.
        (부끄러워 얼굴을 가린다. 댄포스, 정중히 침묵하고 있다.)

헤일   부지사님, 이 사람은 자기 아내를 변호할 확고한 증거
        가 있다고 주장하고 있습니다. 제 생각엔 공정하기 위
        해서 부지사님께서 반드시…….

댄포스   그렇다면 그의 증거를 알맞은 선서 구술서에 써서 제
        출케 하시오. 이곳에서의 절차를 분명히 알고 있겠지

요, 헤일 목사. (헤릭에게) 이 사람을 데려가게.

헤릭 자, 갑시다, 자일스. (부드럽게 코리를 밀어 내보낸다.)

프랜시스 저희들은 필사적입니다. 부지사님, 이곳에 삼 일씩
　　　　이나 왔지만 들어주는 이가 없습니다.

댄포스 이 사람은 누구인가?

프랜시스 프랜시스 너스입니다, 부지사님.

헤일 오늘 아침 유죄 판결을 받은 레베카가 이 사람 아내
　　　입니다.

댄포스 참, 그렇군! 당신이 그처럼 소란을 피우다니 놀랍군.
　　　당신의 성품에 대해서는 좋은 평판만 들어 왔는데, 너
　　　스 씨.

해손 이 두 사람 다 법정 모독죄로 체포돼야만 한다고 생각
　　　합니다, 부지사님.

댄포스 (프랜시스에게) 탄원서를 쓰시오. 그리고 적당한 때에
　　　내가…….

프랜시스 부지사님, 저희들은 부지사님께 보여 드릴 증거를
　　　갖고 있습니다. 증거를 보시지 않는 것은 하느님이 용
　　　납하지 않으실 겁니다. 부지사님, 저 여자애들은, 그
　　　애들은 사기꾼들입니다.

댄포스 그게 무슨 뜻이오?

프랜시스 저희는 그 증거를 갖고 있습니다. 저 애들은 모두 다
　　　부지사님을 속이고 있습니다.

(댄포스, 충격을 받는다. 그러나 프랜시스를 유심히 살펴본다.)

해손   이것은 법정 모독죄입니다. 부지사님, 법정 모독죄요!

댄포스   조용히 하시오, 해손 판사. 당신은 내가 누구인지 아
          시오, 너스 씨?

프랜시스   물론입니다, 부지사님, 지금 부지사님이 되신 걸로
          보아, 현명한 재판관임에 틀림없다고 생각합니다.

댄포스   그리고 마블헤드에서 린에 이르기까지 거의 사백 명
          이 내 서명으로 감옥에 들어간 것을 알고 있소?

프랜시스   저는…….

댄포스   그리고 일흔두 명이 바로 그 서명에 의해서 교수형 판
          결을 받았다는 것도?

프랜시스   부지사님, 저는 그렇게 중요한 판사에게 이런 말을
          하게 되리라고는 생각도 못 해 봤지만, 부지사님께서
          는 속고 계십니다.

(왼편에서 자일스 코리 등장. 모두 고개를 돌려서 그가 프록터와 함
께 메리 워렌에게 들어오라고 손짓하는 것을 본다. 메리는 시선을 땅
위로 떨어뜨리고 있다. 마치 메리 워렌이 쓰러지기라도 할 듯 프록
터, 그녀의 팔꿈치를 붙잡고 있다.)

패리스   (그녀를 보자마자, 놀라서) 메리 워렌! (곧바로 그녀에게
          가서 그녀 얼굴 가까이 허리를 굽힌다.) 이곳에는 뭐하러
          왔지?

프록터   (부드럽지만 단호하게 보호하듯 패리스를 메리로부터 밀
          어낸다.) 메리 워렌이 부지사님께 드릴 말이 있습니다.

댄포스 (충격을 받고, 헤릭에게 몸을 돌린다.) 메리 워렌은 아파
       서 자리에 누워 있다고 내게 말하지 않았나?

헤릭   그렇습니다, 부지사님. 지난 주 제가 그녀를 데리러
       갔을 때, 메리는 아프다고 말했습니다.

자일스 메리는 일주일 내내 자신의 영혼과 투쟁하고 있었습
       니다, 부지사님. 이제 그 진실을 말씀드리려고 온 것입
       니다.

댄포스 이 사람은 누군가?

프록터 존 프록터입니다, 부지사님. 엘리자베스 프록터가 제
       아내입니다.

패리스 이 사람을 조심하십시오. 이 사람은 위험인물입니다.

헤일   (흥분해서) 이 아이의 말을 들으셔야만 한다고 생각합
       니다, 부지사님. 이 아이는…….

댄포스 (메리 워렌에게 깊은 흥미를 느끼고 한 손을 들어 헤일을
       막는다.) 조용히 하시오. 우리에게 무슨 말을 하려고
       하느냐, 메리 워렌?

(프록터, 메리를 쳐다보나 메리, 말을 못 한다.)

프록터 이 아이는 한 번도 혼령을 본 적이 없다고 합니다, 부
       지사님.

댄포스 (아주 깜짝 놀라서, 메리에게) 혼령을 본 적이 없다고!

자일스 (열렬히) 전혀요.

프록터 (재킷 속에 손을 넣으며) 메리는 선서 증언에 서명했습

니다. 부지사님…….

댄포스 (즉각적으로) 아니, 아니, 나는 선서 증언은 받을 수 없
어. (그는 재빨리 이 문제를 생각해 본다. 메리로부터 프록
터에게 몸을 돌린다.) 자, 말해 보시오. 프록터 씨, 당신
은 이 이야기를 마을 사람들에게 알렸소?

프록터 알리지 않았습니다.

패리스 이자들은 법정을 뒤엎으려고 온 것입니다, 부지사님!
이 사람은…….

댄포스 패리스 목사, 제발 부탁이오. 프록터, 당신은 알고 있
소? 이 재판에서 주 정부의 전적인 주장은, 천국의 목
소리가 아이들을 통해서 말하고 있다는 것임을?

프록터 그것은 알고 있습니다, 부지사님.

댄포스 (프록터를 응시하며 생각에 잠긴다. 그런 다음 메리 워렌에
게 몸을 돌리면서) 그리고 너, 메리 워렌, 어째서 너는
너에게 혼령을 보냈다고 해서 사람들의 이름을 소리
쳐 불렀단 말이냐?

메리 워렌 그것은 거짓으로 꾸민 것이었습니다, 나리.

댄포스 네 목소리가 안 들리는구나.

프록터 거짓으로 꾸민 것이었다고 말하고 있습니다.

댄포스 그래? 다른 여자애들은 어떠한가? 수재너 월콧, 그리
고…… 다른 아이들은? 그 아이들 말도 역시 거짓으
로 꾸민 것이었단 말이냐?

메리 워렌 그렇습니다, 나리.

댄포스 (눈을 크게 뜨고) 그렇군. (잠시 침묵. 이 말을 듣고 낭패한

다. 프록터의 얼굴을 유심히 살피려고 몸을 돌린다.)

패리스　(땀을 흘리며) 부지사님, 부지사님께서는 분명코 이 같은 비열한 거짓말이 공개 법정에 퍼지도록 해서는 안될 것입니다!

댄포스　물론 그럴 수는 없지. 그러나 이 아이가 그 같은 이야기를 하러 감히 이곳에 왔다는 점이 몹시 나를 괴롭히는군. 자, 프록터, 내가 당신들 말을 들을 것인지의 여부를 결정짓기 전에, 의무에 따라 말해 두겠소. 우리는 이곳에서 뜨거운 불을 태우고 있소. 이 불은 모든 감춰진 것을 녹일 수 있고 말이오.

프록터　알고 있습니다, 부지사님.

댄포스　계속하리다. 내 잘 알지, 남편의 애정은 아내를 보호하기 위해서 엉뚱한 생각을 하게 만든다는 것을. 당신의 양심을 걸고, 프록터, 자신의 증거가 진실임을 확신하시오?

프록터　그렇습니다. 그리고 부지사님께서도 분명히 그걸 아시게 될 것입니다.

댄포스　그리고 당신은 공개 법정에서 대중에게 이 뜻밖의 사실을 선포할 생각을 하고 있소?

프록터　그렇게 하리라 생각했습니다. 네…… 부지사님께서 허락만 하신다면.

댄포스　(눈을 가늘게 뜨고) 자, 이봐요, 그렇게 하려는 당신의 목적은 무엇이오?

프록터　물론, 저…… 저는 제 아내를 풀려나게 하기 위해서입니다.

댄포스 이 법정을 전복하려는 어떤 욕망이 당신 가슴속 어느 구석에, 영혼 속에 숨어 있지는 않소?

프록터 (아주 어렴풋이 멈칫하면서) 아, 아닙니다, 부지사님.

치버 (헛기침으로, 주의를 환기시키면서) 저, 부지사님.

댄포스 치버 씨.

치버 이것이 제 의무라고 생각합니다, 부지사님. (프록터에게, 상냥하게) 존, 자네도 부인하지는 않겠지? (댄포스에게) 우리가 이 사람 아내를 체포하러 갔을 때, 이 사람은 법정을 저주하고 부지사님의 영장을 찢었습니다.

패리스 자, 이제야 말하는군!

댄포스 헤일 목사, 그가 그렇게 했소?

헤일 (숨을 들이쉬며) 네, 그렇게 했습니다.

프록터 그때는 화가 나서 그랬습니다, 부지사님. 제가 무슨 짓을 했는지 몰랐습니다.

댄포스 (프록터를 유심히 살펴보며) 프록터.

프록터 네, 부지사님.

댄포스 (눈을 똑바로 들여다보며) 당신은 악마를 본 적이 있소?

프록터 없습니다.

댄포스 당신은 모든 점에서 복음서를 믿는 기독교인이요?

프록터 그렇습니다.

패리스 한 달에 한 번쯤 교회에 나오는 그런 기독교인입니다!

댄포스 (감정을 억누르며…… 호기심이 생긴다.) 교회에 나가지 않는다고?

프록터 저, 저는 패리스 목사를 좋아하지 않습니다. 이것은 비밀이 아닙니다. 그러나 하느님은 진정 사랑합니다.

치버 저 사람은 일요일에 밭을 갑니다. 부지사님.

댄포스 일요일에도 밭을 갈다니!

치버 (사과 조로) 존, 이게 증거라고 생각해요. 난 법정 관리라 숨길 수가 없어요.

프록터 저는 일요일에 한두 번 밭을 갈았습니다. 저는 아이가 셋입니다, 부지사님. 그리고 작년까지는 밭에서 나는 수확이 적었습니다.

자일스 사실이 밝혀지면, 다른 신자들도 일요일에 밭을 간다는 걸 알게 되실 겁니다.

헤일 부지사님, 그런 증거로 이 사람을 재판하실 수는 없다고 생각합니다.

댄포스 나는 재판을 하고 있는 것은 아니오. (잠시 대화가 중단된다. 댄포스, 자신의 시선을 받아들이려 애쓰는 프록터를 계속 주시한다.) 솔직히 말하겠는데, 프록터, 나는 이 법정에서 놀라운 일들을 보아 왔소. 내 면전에서 혼령들에 의해 질식당하는 사람들을 보았고, 그들이 핀에 찔리고 칼에 베이는 것을 보았소. 지금 이 순간까지 나는 이 아이들이 나를 속이고 있다는 것을 의심할 만한 아주 작은 이유도 없었소. 내 말 뜻을 알아듣겠소?

프록터 부지사님, 이 여인들 중 많은 사람이 오랜 세월 성실하다는 평판을 받으며 살아왔다는 걸 생각해 보지는 않으셨는지요. 그리고…….

패리스 프록터 씨, 당신은 복음서를 읽소?

프록터 읽습니다.

패리스 그렇지 않을 텐데요. 읽었으면 카인이 정직한 사람이
        었음에도 아벨을 죽였다는 것을 분명히 알고 있을 거
        아닙니까.

프록터 네, 하느님께서 우리에게 그렇게 말씀하셨지요. (댄
        포스에게) 그러나 레베카 너스가 그녀의 혼령을 보내
        서 일곱 명의 아기를 살해했다고 누가 우리에게 말해
        줬습니까? 오로지 이 아이들만이 그렇게 말했습니다.
        그리고 이 아이는 부지사님께 거짓말을 했다고 맹세
        를 할 것입니다.

(댄포스, 생각에 잠겨 있다가 해손을 손짓으로 부른다. 해손이 몸을
숙이자 댄포스는 해손에게 귓속말을 한다. 해손, 고개를 끄덕인다.)

해손   네, 그 여자가 맞습니다.

댄포스 프록터, 오늘 아침 자네 아내가 자신이 현재 임신 중
        이라고 진술한 요구서를 내게 제출했소.

프록터 제 아내가 임신을 했다고요!

댄포스 징조는 없었소. 진찰을 해 보았지.

프록터 그렇지만 제 아내가 임신을 했다고 말했다면, 틀림없
        이 그렇습니다! 그 사람은 결코 거짓말을 하지 않습
        니다, 부지사님.

댄포스 거짓말을 안 한다고?

프록터 결코 안 합니다, 부지사님. 결코.

댄포스 우리는 그것이 너무 정략적이어서 믿기 어렵다고 생
각했소. 그렇지만, 내가 당신 아내를 한 달 동안 더 살
려 두고, 그래서 만약 당신 아내가 임신의 당연한 징
조를 보이기 시작한다면, 출산할 때까지 일 년을 더
살게 하겠다고 말한다면, 여기에 대한 당신 생각은 어
떠하오? (존 프록터, 충격을 받아 침묵한다.) 자, 말해 보
시오. 당신의 유일한 목표는 아내를 살리는 것이라고
말했지. 좋아, 그렇다면 당신 아내는 적어도 금년 한
해 동안은 목숨이 부지되는 거요. 일 년은 긴 세월이
오. 당신 생각은 어떻소? 이 사건은 이제 해결이 났소.
(갈등을 느끼면서 프록터, 프랜시스와 자일스를 흘낏 쳐다
본다.) 고소를 취하하겠소?

프록터 저, 저는 그렇게 할 수 없습니다.

댄포스 (거의 알아차릴 수 없을 만큼, 무자비하게 변한 목소리로)
그렇다면 당신 목적은 좀 더 큰 데 있군.

패리스 저자는 이 법정을 전복하러 온 것입니다, 부지시님!

프록터 이 사람들은 제 친구들입니다. 이 사람들 아내도 역시
고소당하고 있습니다.

댄포스 (갑자기 활기찬 태도로) 나는 당신을 재판하는 게 아니
오, 프록터. 증언을 들을 준비는 돼 있소.

프록터 저는 법정을 해치러 온 것은 아닙니다. 저는 다만……

댄포스 (말을 자르며) 서장, 법정에 들어가서 스터튼 판사와
시월 판사에게 한 시간 동안 휴정을 선포하라고 말하

게. 그리고 원한다면 선술집에 가도 된다고 말이야.
모든 증인들과 죄들은 이 건물 안에 있도록 하고.

헤릭 네. (매우 공손하게) 말씀드리지만 부지사님, 저는 평
생 이 사람을 알아 왔습니다. 좋은 사람입니다.

댄포스 (체면 손상을 생각해 불쾌해져 있다.) 나도 그 점은 확신
하오, 서장. (헤릭, 고개를 끄덕이며 밖으로 나간다.) 자,
어떤 선서 증서를 우리에게 보여 주려는 거요, 프록
터? 정확하고 하늘처럼 열려 있고 정직하기를 바라오.

프록터 (여러 개의 서류를 꺼내면서) 저는 변호사가 아닙니다.
그래서 저는…….

댄포스 마음이 결백한 자는 변호가 필요 없지. 당신 방식으로
계속하시오.

프록터 (댄포스에게 서류 하나를 내밀면서) 부지사님, 이것을 먼
저 읽어 주시겠습니까? 이것은 일종의 탄원서입니다.
여기에 서명한 사람들은 레베카와 제 아내, 그리고 마
사 코리에 대해 선량한 사람들이라 생각한다고 진술
하고 있습니다. (댄포스, 탄원서를 들여다본다.)

패리스 (댄포스의 야유를 이끌어 내기 위해) 선량한 사람이라
생각한다고! (그러나 댄포스는 계속해서 읽고 프록터는
고무된다.)

프록터 이 사람들은 모두 토지를 소유하고 있는 농부이고 교
인입니다. (세심하게 한 구절을 지적하려 하면서) 아시겠
지만, 부지사님, 이 사람들은 이 여자들을 오랫동안
알아 왔으나 그녀들이 악마와 내통을 하고 있는 증거

는 결코 본 적이 없다는 것입니다.

(패리스, 초조한 듯 걸어가 댄포스의 어깨 너머로 읽는다.)

댄포스 (긴 서명록을 훑어보면서) 여기에 몇 사람의 이름이 있
는가?

프랜시스 아흔한 명입니다, 부지사님.

패리스 (진땀을 흘리며) 이 사람들을 소환해야만 합니다. (댄
포스가 묻듯이 그를 올려다본다.) 심문을 하기 위해서요.

프랜시스 (분노로 몸을 떨며) 댄포스 부지사님, 저는 이 사람들
모두에게 여기에 서명을 한 데 대해 아무런 해도 끼치
지 않겠다고 약속했습니다.

패리스 이것은 분명히 법정에 대한 공격입니다!

헤일 (패리스에게, 스스로를 자제하려 애쓰면서) 변호가 모두 법
정에 대한 공격이 됩니까? 아무도 변호를 할 수가……?

패리스 모든 죄 없는 기독교인들은 세일럼의 법정에 대해서
만족하고 있습니다! 이 사람들은 법정에 불만을 갖고
있어요. (댄포스에게 직접) 부지사님께서는 이 사람들
개개인이 부지사님께 갖고 있는 불만이 뭔지 알고 싶
어 하시리라 믿습니다!

해손 이자들을 심문해야만 한다고 생각합니다, 부지사님.

댄포스 이것이 반드시 법정에 대한 공격은 아니라고 생각하
오. 하지만…….

프랜시스 이 사람들은 모두 하느님께 서약한 기독교인들입니

다, 부지사님.

댄포스   그렇다면 그들이 두려워해야 할 것은 하나도 없다고
        확신하오. (치버에게 탄원서를 넘겨주며) 치버, 이들 모
        두에게 영장을 발부하라. 심문을 위해 구속하는 것이
        다. (프록터에게) 자, 프록터 씨, 이 밖의 다른 정보는
        무엇이오? (프랜시스, 경악해서 못 박힌 듯 서 있다.) 너
        스 씨, 앉아도 좋소.

프랜시스   내가 이 사람들에게 재난을 가져다주었소. 내가…….

댄포스   아니오, 노인장. 이들이 올바른 양심을 지니고 있다면
        그대가 이들을 해친 것은 아니오. 그러나 이 사실은
        알아야 하오. 마을 사람들은 이 법정을 지지하지 않으
        면 반대하는 걸로 간주된다는 것이오. 그 중간 입장은
        있을 수가 없어요. 지금은 아주 정확한 시기이며, 명
        백한 때요. 우리는 더 이상 악이 선에 섞여 세상을 미
        혹하는 어스레한 오후를 살아가는 것이 아니오. 이제,
        하느님의 은총으로 빛나는 태양이 떠올랐으며, 광명
        을 두려워하지 않는 자들은 필경 그 태양을 찬양할 거
        요. 당신도 그중 하나이기를 바라오. (메리 워렌이 갑자
        기 흐느낀다.) 이 아이는 기분이 언짢은가 보군.

프록터   네, 그렇습니다, 부지사님. (메리를 향해 몸을 숙이며 손
        을 잡고 조용히) 자, 천사 라파엘이 토비아스 소년에게
        한 말을 기억해라.* 그 말을 기억해.

---

* 구약의 외경인 토비서에 들어 있는 내용. 천사 라파엘이 토비아스 소년과 함

메리 워렌   (거의 들리지 않는 소리로) 네.

프록터   "선한 일을 행하면 너에게 아무런 해도 오지 않을 것
이다."

메리 워렌   네.

댄포스   자, 프록터, 우리는 당신을 기다리고 있소.

(경찰서장 헤릭, 다시 들어와서 문 옆 자기 자리로 간다.)

자일스   존, 내 선서 증언일세, 제출해 주게.

프록터   그러지요. (댄포스에게 다른 서류를 제출한다.) 이것은
코리 씨의 선서 증언입니다.

댄포스   그런가? (선서 증언을 들여다본다. 해손, 댄포스 뒤로 가서
함께 읽는다.)

해손   (의심스러운 듯) 어느 변호사가 이것을 작성했소? 코
리 씨?

자일스   당신도 알다시피 내 평생에 변호사를 고용한 적은 없
어, 해손.

댄포스   (다 읽고서) 아주 잘 썼군. 찬사를 보내겠소. 패리스 목
사, 퍼트넘 씨가 법정 안에 있으면 이리로 데려와 주
겠소? (해손, 선서 증언을 들고 창가로 간다. 패리스, 법정
으로 들어간다.) 당신은 법률에 관한 훈련을 받은 적이
없지 않소, 코리 씨?

께 악마를 퇴치한다.

자일스 (대단히 기분이 좋아서) 최고의 훈련을 받았지요, 부지
　　　　사님. 저는 제 생전에 서른세 번이나 법정에 섰습니
　　　　다. 그것도 언제나 기소인이었지요.

댄포스 아, 그렇다면 당신은 많이 속았던 모양이군.

자일스 저는 결코 속지 않습니다. 저는 제 권리를 알고 있습니
　　　　다, 부지사님. 그리고 제 권리를 찾고자 하는 겁니다.
　　　　아시겠지만, 부지사님의 부친께서 제 사건을 하나 재
　　　　판하신 적이 있습니다. 아마도 삼십오 년 전일 겁니다.

댄포스 그렇군요.

자일스 부친께서 그 이야기를 하지 않으시던가요?

댄포스 아니, 들은 기억이 없소.

자일스 그것 이상하군요. 부친께선 제게 9파운드의 손해 배상
　　　　액을 주셨습니다. 부지사님의 부친, 그분은 공정한 판
　　　　사였습니다. 그 당시 저는 흰 암말을 한 마리 갖고 있
　　　　었습니다. 그런데 한 사람이 그 말을 빌리러 왔습니다.
　　　　(토머스 퍼트넘을 데리고 패리스가 들어온다. 퍼트넘을 보
　　　　자 자일스는 평정을 잃고 굳어진다.) 아, 바로 저자입니다.

댄포스 퍼트넘 씨, 당신에 대한 코리 씨의 고소장이 여기 있
　　　　소. 코리 씨는 당신이 냉혹하게 당신 딸을 충동질해서
　　　　지금 감옥에 있는 조지 제이콥스에게 마법혐의를 외
　　　　치게 했다고 진술하고 있소.

퍼트넘 그것은 거짓말입니다.

댄포스 (자일스를 돌아보며) 퍼트넘 씨는 당신의 고소가 허위
　　　　라고 진술하고 있소. 거기에 대해서 할 말은?

자일스   (격분해서, 주먹을 꼭 쥐고) 토머스 퍼트넘, 방귀나 먹어
         라, 이것이 제가 말하고자 하는 것입니다.

댄포스   당신의 고소에 대해서 어떤 증거를 제출하겠소?

자일스   제 증거는 거기 있습니다! (서류를 가리키면서) 제이콥
         스가 마법 혐의로 교수형을 당하면 그의 재산을 몰수
         당합니다. 그것이 법입니다! 그런데 그렇게 넓은 토
         지를 현금으로 살 수 있는 사람은 퍼트넘뿐입니다. 이
         자는 이웃의 땅을 차지하려고 이웃들을 죽이고 있습
         니다!

댄포스   그러나 증거를 대시오. 노인장, 증거를.

자일스   (자신의 선서 증언을 가리키며) 증거는 저기에 있습니
         다! 퍼트넘이 그렇게 말한 것을 들은 한 정직한 사람
         에게서 이 선서 증언을 들었습니다. 그의 딸이 제이콥
         스에게 혐의를 씌운 날, 퍼트넘은 자기 딸이 자기에게
         훌륭한 토지 선물을 주었다고 말했답니다.

해손   그러면 그 사람의 이름은?

자일스   (깜짝 놀라면서) 무슨 이름 말이오?

해손   당신에게 이 정보를 준 사람의 이름말이오.

자일스   (망설이다가) 아니, 난⋯⋯ 난 그의 이름을 댈 수 없소.

해손   어째서?

자일스   (망설이다가 갑자기 고함을 친다.) 이름을 대지 않는 이
         유를 잘 알지 않소! 내가 그의 이름을 밝히면 그는 투
         옥될 것이오!

해손   부지사님, 이것은 법정에 대한 모독입니다!

댄포스 (대답을 피하며) 당신은 반드시 그 이름을 밝혀야 하오.

자일스 아무런 이름도 밝힐 수 없습니다. 난 단 한 번 집사람 이름을 말했습니다. 그 때문에 나는 오랫동안 지옥 불에 탈 것입니다. 나는 입을 다물겠습니다.

댄포스 그렇다면, 나는 노인장을 법정 모독죄로 체포할 수밖에 없소. 그걸 아시오?

자일스 이건 심문이오. 심문 중에 모독죄로 절 투옥시킬 수는 없습니다.

댄포스 아, 대단한 변호사로군! 당신은 내가 여기서 법정의 정식 개정을 선포하기를 원하오? 아니면 솔직한 답변을 하겠소?

자일스 (더듬거리며) 나는 이름을 밝힐 수 없습니다, 부지사님. 그럴 수 없습니다.

댄포스 당신은 어리석은 늙은이요. 치버, 기록을 시작하라. 이제 법정은 개정되었다. 코리 씨, 그대에게 묻겠다.

프록터 (끼어들면서) 부지사님, 코리 씨는 그 이야기를 비밀로 했습니다, 그래서 그는…….

패리스 그런 비밀에는 악마가 깃들여 있는 법이지! (댄포스에게) 비밀 없이는 음모가 있을 수 없습니다, 부지사님!

해손 부지사님, 비밀을 밝혀야 한다고 생각합니다.

댄포스 (자일스에게) 노인장, 만약 정보를 준 자가 진실을 말했다면 남자답게 당당히 이곳에 오게 하시오. 그러나 만약 익명으로 숨으려 한다면 나는 그 이유를 알아야만 하겠소. 자, 주 정부와 중앙 교회는 그대에게 토머스 퍼트넘을 저속한 살인범이라고 말한 자의 이름을 밝힐 것을 요구한다.

헤일 부지사님.

댄포스 헤일 목사.

헤일 이 사실을 더 이상 간과할 수는 없습니다. 이 지방에는 이 법정에 대한 엄청난 공포심이 있습니다.

댄포스 그렇다면 이 지방에는 엄청난 범죄가 있다는 것이오. 당신도 여기서 심문받는 것을 두려워하시오?

헤일 저는 오로지 하느님만을 두려워합니다, 부지사님. 하지만 그럼에도 불구하고 이곳에는 두려움이 퍼져 있습니다.

댄포스 (이제는 화를 내며) 이 지방에 공포가 퍼진 데 대해 나를 비난하지 마시오. 이 지방에 공포가 퍼져 있는 것은 여기에 그리스도를 전복하려는 선동적인 음모가 있기 때문이오!

헤일 그러나 고소된 사람 모두가 그 음모에 가담했다고 볼 수는 없습니다.

댄포스 헤일 목사, 타락하지 않은 인간은 이 법정을 두려워하지 않소! 누구도! (자일스에게) 그대를 이 법정을 모독한 죄로 체포하오. 자, 앉아서 잘 생각해 보시오. 그렇지 않으면 그대가 모든 질문에 답변하기로 결정할 때까지 감옥 안에 넣겠소.

(자일스 코리, 퍼트넘에게 달려든다. 프록터는 얼른 뛰어가 그를 붙

잡는다.)

프록터 자일스, 안 돼요!

자일스 (프록터의 어깨 너머로 퍼트넘을 향해) 퍼트넘, 네놈의 목을 자르겠다. 네놈을 언젠가는 죽일 거라고!

프록터 (자일스를 억지로 의자에 앉히며) 참아요, 자일스. 참아요. (놓아주며) 우린 스스로를 증명할 거요. 이제 증명해 봅시다.

(댄포스를 향해 돌아선다.)

자일스 존, 더 이상 아무 말 말게. (댄포스를 가리키며) 저분은 자네를 희롱할 뿐이네! 저분은 우리 모두를 교수형에 처하기로 작정한 거야!

(메리 워렌, 갑자기 흐느끼기 시작한다.)

댄포스 이곳은 법정이오, 자일스. 이곳에서는 어떤 몰염치함도 허락지 않겠소!

프록터 부지사님, 노령인 것을 봐서 저 사람을 용서해 주십시오. 잠자코 있어요, 자일스. 이제 모든 것을 증명할 테니까. (프록터, 메리 워렌의 턱을 잡고 치켜 올린다.) 울어선 안 돼, 메리. 천사를 기억해, 천사가 소년에게 한 말이 무엇이었는가를. 자, 그걸 잊지 마라. 거기에 너의 반석이 있다. (메리, 잠잠해진다. 프록터는 서류 한 통을 꺼낸 후 댄포스를 향해 선다.) 이것이 메리 워렌의 선서 증서입니다. 저…… 제가 부지사님께서 이것을 읽으시면서 기억해 주시기 바라는 것은, 두 주일 전까지만 해도 메리 워렌은 지금의 다른 소녀들과 조금도 다름이 없었다는 점입니다. (프록터, 모든 두려움, 분노, 격정을 눌러 참으면서 분별 있게 말을 한다.) 부지사님은 이 아이가 비명을 지르는 것을 보셨습니다. 이 아이는 울부짖었고 악령들이 자신의 목을 조인다고 맹세했습니다. 심지어 이 아이는 악마가 지금 감옥에 있는 여자들의 형상을 하고서 자신의 영혼을 얻으려 했다고 증언까지 했습니다. 그리고 이 아이가 거절하자…….

댄포스 우리 모두 그 사실을 알고 있소.

프록터 네, 부지사님. 이제 이 아이는 자기가 결코 악마를 본 적이 없으며, 또 악마가 이 아이를 해치기 위해 보냈다고 하는 어떤 혼령들도, 몽롱하게든 분명하게든, 본적이 없다고 맹세하고 있습니다. 그리고 자기 친구들이 지금 거짓말을 하고 있다고 단언하고 있습니다.

(프록터, 댄포스에게 선서 증서를 건네려고 한다. 헤일, 전율하면서 댄포스에게 다가간다.)

헤일 부지사님, 잠깐만. 이것이 문제의 핵심을 찌르고 있다고 생각합니다.

댄포스   (깊은 의혹에 잠긴 채) 확실히 그렇소.

헤일   저는 이 사람이 정직하다고는 말할 수 없습니다. 이
      사람을 거의 모르니까요. 그러나 공정하기 위해서는,
      부지사님, 이같이 중대한 소청이 일개 농부에 의해서
      제기될 수는 없습니다. 부지사님, 하느님의 이름으로,
      여기서 중단하시기 바랍니다. 저 사람을 집으로 돌려
      보내시고 변호사와 함께 다시 오게 하십시오.

댄포스   (참을성 있게) 그런데 이보시오, 헤일 목사.

헤일   부지사님, 저는 일흔두 통의 사형 집행 영장에 서명을
      했습니다. 저는 주님의 대행자입니다. 저는 아주 조그
      마한 양심의 가책도 없는, 그렇게 완벽한 증거가 없이
      는 한 생명을 감히 뺏을 수 없습니다.

댄포스   헤일 목사, 분명히 나의 심판을 의심하는 것은 아니겠
      지요.

헤일   오늘 아침 저는 레베카 너스의 영혼을 앗아 가는 일에
      서명했습니다, 부지사님. 저는 숨기지 않겠습니다. 제
      손은 상처 입은 것처럼 아직까지 떨리고 있습니다!
      제발 부탁입니다, 부지사님. 이 소청만은 변호사를 통
      해 제출토록 해 주십시오.

댄포스   헤일 목사, 나를 믿으시오. 이렇게 말하는 걸 용서한
      다면 당신은 그처럼 비상한 학식을 지닌 사람치고는
      굉장히 당황하는군요. 나는 삼십이 년 동안이나 공개
      법정에 서 왔소. 헤일 목사, 이 사람들을 변호하게 된
      다면 난 혼란스러워질 거요. 생각해 보시오. (프록터와

다른 사람들에게) 자, 그리고 그대들 역시 함께 생각해 보기를 바라오. 보통 범죄에 있어 어떻게 피고인을 변호하는가? 무죄를 증명하기 위한 증인을 소환하면 되겠지요. 그러나 마법 행위는 사실상, 외면적으로도 본질적으로도 비가시적인 범죄요. 그렇지 않소? 따라서 누가 마법 행위에 대한 증인이 될 수 있겠소? 마녀와 그 피해자. 그 외에는 없어요. 자, 마녀가 자신을 고소하길 기대할 순 없소. 동의하지요? 따라서 우리는 마녀의 피해자들에게 의지할 수밖에 없소. 그리고 그들이 증언을 하고 있소. 아이들은 확실히 증언을 하고 있단 말이오. 마녀들에 대해서. 우리가 아이들의 자백을 몹시 고대하고 있다는 걸 부인할 이는 없을 거요. 고로 변호사가 밝혀낼 것이 뭐가 있겠소? 내 뜻은 분명히 한 것 같소만. 안 그렇소?

헤일　그러나 이 아이는 저 여자애들이 정직하지 않다고 주장하고 있습니다. 그리고 만약에 그들이 정직하지 않다면…….

댄포스　그 점이 바로 내가 생각해 보고자 하는 점이오, 헤일 목사. 더 이상 무엇을 내게 물으려 하시오? 내 결백을 의심하지 않는다면?

헤일　(희망이 꺾인 채) 물론 의심하지 않습니다, 부지사님. 그러시다면 고려해 보십시오.

댄포스　목사께선 마음을 놓고 계시오. 프록터 씨, 메리 워렌의 선서 증서를 주시오.

(프록터, 선서 증서를 댄포스에게 준다. 헤손, 자리에서 일어나 댄포스 곁으로 가 읽기 시작한다. 패리스, 댄포스의 다른 쪽 옆으로 간다. 댄포스, 존 프록터를 쳐다보고 나서 읽기를 계속한다. 헤일도 일어나서 헤손 근처에 자리를 발견하고는 함께 읽는다. 프록터, 자일스를 흘깃 본다. 프랜시스는 두 손을 모으고 조용히 기도한다. 의무에 충실하고 기세등등한 서기 치버는 아무 말 없이 기다리고 있다. 메리 워렌, 한 번 흐느낀다. 존 프록터는 위로하기 위해 메리의 머리를 쓰다듬어 준다. 잠시 뒤 댄포스, 눈을 치켜뜨고 선 채로 손수건을 꺼내서 코를 푼다. 그가 생각에 잠겨 창가로 걸어가는 동안 다른 사람들은 물러서 있다.)

패리스   (분노와 공포를 억누르지 못하고) 제가 심문을 하고 싶은 것이…….

댄포스   (처음으로 진심에서 우러나 감정을 폭발시킨다. 패리스에 대한 그의 경멸감이 분명히 나타난다.) 패리스 목사, 좀 잠자코 있어요! (창밖을 내다보면서 가만히 서 있다. 앞으로 할 바를 정한다.) 치버 씨, 법정 안에 들어가서 아이들을 이곳으로 데려오시겠소? (치버, 일어나서 무대 뒤로 나간다. 댄포스는 이제 메리를 향해 돌아선다.) 메리 워렌, 어떻게 마음을 돌린 것이냐? 이 선서 증서를 쓰라고 프록터 씨가 너를 위협했느냐?

메리 워렌 아닙니다, 부지사님.

댄포스   그가 너를 위협한 적이 있느냐?

메리 워렌 (목소리가 약해지며) 없습니다.

댄포스 (목소리가 약해진 것을 눈치채고) 그가 너를 위협한 적
　　　 이 있느냐?

메리 워렌 없습니다.

댄포스 그렇다면 너는 네 증언 때문에 사람들이 교수형에 처
　　　 해지는 것을 알면서도, 내 법정에 앉아서 태연하게 거
　　　 짓말을 했다고 말하는 것이냐? (메리는 대답하지 않는
　　　 다.) 대답해!

메리 워렌 (거의 들리지 않는 소리로) 그랬습니다, 부지사님.

댄포스 살면서 대체 뭘 배운 거냐? 하느님께서 모든 거짓말
　　　 쟁이들을 저주하신다는 걸 모른단 말이냐? (메리는 말
　　　 을 하지 못한다.) 아니면 네가 지금 거짓말을 하고 있는
　　　 거냐?

메리 워렌 아닙니다, 부지사님. 저는 지금 하느님과 함께 있습
　　　 니다.

댄포스 지금은 하느님과 함께 있다고.

메리 워렌 네, 부지사님.

댄포스 (자제하면서) 네게 한마디 해 주마. 너는 지금 거짓말
　　　 을 하고 있거나, 아니면 법정에서 거짓말을 했던 거
　　　 다. 그리고 이중 어느 경우라도 위증죄를 짓는 것이고
　　　 그러면 감옥에 가게 된다. 메리, 넌 거짓말을 했다고
　　　 경솔하게 말할 수 없다. 알겠느냐?

메리 워렌 저는 더 이상 거짓말을 할 수가 없습니다. 저는 하느
　　　 님과 함께 있어요. 하느님과 함께요.

(하지만 메리는 일단 생각을 하고서 흐느낀다. 오른쪽 문이 열리고 수재너 월콧, 머시 루이스, 베티 패리스, 그리고 끝으로 애비게일이 들어온다. 치버, 댄포스에게 간다.)

치버   루스 퍼트넘은 법정에 없습니다, 부지사님. 그 밖의 다른 아이들도 없습니다.

댄포스   이 아이들로도 충분하다. 얘들아, 앉아라. (다들 조용히 앉는다.) 너희들 친구인 메리 워렌이 우리에게 선서 증서를 제출했다. 선서 증서에서 메리 워렌은 시중드는 악령이며, 허깨비며, 악마의 어떤 현시도 결코 본 적이 없다고 맹세하고 있다. 메리 워렌은 또 너희들 중 누구도 이런 것들을 보지 않았다고 주장한다. (잠깐 멈춘다.) 자, 얘들아, 여기는 법정이다. 성경에 근거한 법과 전능하신 하느님의 성경은 마법을 금하고 있으며, 거기에 대한 형벌로 죽음을 내리고 있다. 그러나 이와 마찬가지로, 얘들아, 법과 성서는 거짓 증언을 하는 모든 자들을 저주하고 있다. (잠깐 멈춘다.) 그렇다면, 여기 선서 증서가 우리를 속이기 위해서 꾸며진 걸지도 모른다는 느낌이 사라지질 않는구나. 악마가 메리 워렌을 정복하고서 우리의 신성한 목적을 혼란시키기 위해 저 아이를 이곳에 보냈을 수도 있다. 만약 그렇다면, 그 대가로 저 아이의 목이 부러질 것이다. 그러나 메리 워렌의 말이 사실이라면, 이제 너희는 교활한 짓을 그만두고 거짓을 자백할 것을 명령한다. 빨리 고백할수록 죄는 가벼워질 거다. (잠깐 멈춘다.) 애비게일 윌리엄스, 일어서라. (애비게일, 천천히 일어난다.) 이 선서 증서는 사실인가?

애비게일 아닙니다, 부지사님.

댄포스 (생각에 잠겨 메리를 쳐다본 후 애비게일을 향하며) 얘들아, 너희의 정직함이 밝혀질 때까지, 너희 영혼을 송곳 끝이 겨눌 거다. 너희 중 누가 지금 태도를 바꾸겠느냐, 아니면 나의 가혹한 심문을 견디겠느냐?

애비게일 부지사님, 저는 아무것도 바꿀 것이 없습니다. 저 애는 거짓말을 하고 있습니다.

댄포스 (메리에게) 너는 계속 밀고 나가겠지?

메리 워렌 (약하게) 네, 부지사님.

댄포스 (애비게일을 향해서) 프록터의 집에서 바늘이 꽂힌 인형이 발견됐다. 메리 워렌은 자기가 이 인형을 법정에서 만들고 있을 때 네가 옆에 앉아 있었고, 자기가 인형을 만드는 것을 네가 보았고, 그리고 바늘을 잘 간수하기 위해서 인형에다 꽂은 것을 네가 목격했다고 증언했다. 여기에 대해 너는 뭐라고 말하겠는가?

애비게일 (약간 분개하는 투로) 거짓말입니다, 부지사님.

댄포스 (잠깐 말을 멈춘 후) 네가 프록터의 집에서 일을 했을 때 그 집 안에서 인형들을 보았느냐?

애비게일 프록터 부인은 언제나 인형을 갖고 있었습니다.

프록터 부지사님, 제 집사람은 결코 인형을 갖고 있던 적이 없습니다. 메리 워렌은 인형이 자기 것이라고 자백했습니다.

치버 부지사님.

댄포스 치버 씨.

치버 제가 그 집에서 프록터 부인과 말했을 때 부인은 인형 같은 건 절대로 없다고 했습니다. 그러나 부인이 어릴 때에는 갖고 있었다고 말했습니다.

프록터 지난 십오 년간 제 집사람은 어린애가 아니었습니다, 부지사님.

해손 그러나 인형은 십오 년간 보존될 수 있지요. 그렇지 않소?

프록터 그러려면 그럴 수 있겠죠. 그러나 메리 워렌은 저희 집에서 결코 인형을 본 적이 없다고 맹세하고 있습니다. 다른 누구도 본 적이 없습니다.

패리스 아무도 보지 못하는 곳에 인형이 숨겨져 있을 수는 없 겠습니까?

프록터 (분개해서) 다리가 다섯 개 달린 용이 제 집 안에 있을 수도 있겠죠. 하지만 아무도 그것을 본 적은 없습니다.

패리스 부지사님, 우리는 아무도 보지 못한 것을 찾아내기 위 해 바로 이곳에 있는 것입니다.

프록터 댄포스 부지사님, 이 아이가 마음을 돌려서 무슨 덕을 본단 말입니까? 단지 더욱 가혹한 심문과 상황이 악 화되는 것 외에 뭘 얻는단 말입니까?

댄포스 당신은 애비게일 윌리엄스에게 놀랍도록 냉혹한 살 인 음모의 혐의를 씌우고 있소. 그것을 아시오?

프록터 압니다, 부지사님. 저 아이는 살인을 계획하고 있다고
        저는 믿습니다.

댄포스 (믿을 수 없다는 듯 애비게일을 가리키면서) 이 아이가 당
        신의 아내를 살해할 것이라는 말이오?

프록터 어린애가 아닙니다. 부지사님, 제 말을 들어 보십시
        오. 이 아이는 기도하는 중에 웃음을 터뜨린 죄로 금
        년에 두 번이나 회중들이 보는 앞에서 교회 밖으로 쫓
        겨났습니다.

댄포스 (충격을 받고, 애비게일을 향해서) 무슨 일이냐? 기도 중
        에 웃음이라니!

패리스 부지사님, 이 애는 그때에 티투바의 영향을 받고 있었
        습니다. 그러나 지금은 경건해졌습니다.

자일스 그렇지요, 이제는 경건해져서 사람들을 교수형에 처
        하게 하고 있으니!

댄포스 노인장, 조용히 하시오.

해손   분명히 이 문제는 지금의 심문과는 아무 관계도 없습
        니다, 부지사님. 저 사람은 살인 음모죄를 고발하고
        있는 것입니다.

댄포스 그렇소. (잠시 애비게일을 유심히 쳐다본 뒤) 프록터 씨,
        계속하시오.

프록터 메리, 자, 부지사님께 너희들이 숲 속에서 어떻게 춤
        을 추었는가를 말씀드려라.

패리스 (즉시) 부지사님, 제가 세일럼에 온 이래로 이 사람은
        제 이름을 더럽히고 있습니다. 이자는…….

댄포스 잠깐만, 패리스 목사. (메리 워렌을 향해 엄격하게, 놀란
채로) 춤이라니 무슨 소리냐?

메리 워렌 저는…… (자신을 무자비한 눈빛으로 노려보는 애비게일
일을 힐끗 본 뒤 프록터에게 호소하며) 주인님…….

프록터 (즉시 말을 받아서) 애비게일이 이 아이들을 데리고 숲
속으로 갔습니다. 부지사님, 그곳에서 이 아이들은 벌
거벗고 춤을 추었습니다.

패리스 부지사님, 이것은…….

프록터 (즉시) 패리스 목사 자신이 한밤중에 이 아이들을 발견
했습니다! '아이'라는 저 여자애가 바로 그런 겁니다!

댄포스 (상황은 점차 악몽으로 화한다. 댄포스, 놀라서 패리스를
향해 몸을 돌린다.) 패리스 목사…….

패리스 저는 다만, 부지사님, 옷 벗은 아이를 보지 못했다고
만 말씀드릴 수 있습니다. 그리고 이 사람은…….

댄포스 그러나 그들이 숲 속에서 춤추는 것은 보았겠지요?
(패리스에게 시선을 고정한 채 손가락으로 가리키며) 애
비게일?

헤일 부지사님, 제가 비벌리에서 처음 도착했을 때 패리스
목사가 제게 그 말을 했습니다.

댄포스 그것을 부인하시오, 패리스 목사?

패리스 부인하지는 않습니다, 부지사님. 그러나 어느 아이도
옷을 벗고 있는 것은 보지 못했습니다.

댄포스 그러나 애비게일은 춤을 추었지요?

패리스 (마지못해서) 네, 부지사님.

(댄포스, 다시 보인다는 듯 애비게일에게 시선을 준다.)

해손   부지사님, 저에게도 말할 기회를 주시겠습니까? (메리 워렌을 가리킨다.)

댄포스   (크게 근심하며) 자, 진행하시오.

해손   메리, 너는 혼령을 본 적이 없으며, 악마나 악마의 하수인들의 형상으로부터 협박을 받거나 괴로움을 당한 적이 결코 없다고 말했겠다.

메리 워렌 (아주 약한 소리로) 네, 없습니다.

해손   (승리감에 빛나며) 그런데도, 마법을 한 혐의자들이 법정에서 너를 대면했을 때, 너는 기절을 했지. 그 사람들의 혼령이 육체에서 빠져나와서 너를 질식시킨다고 하면서…….

메리 워렌 그것은 거짓이었습니다.

댄포스   네 말이 잘 안 들린다.

메리 워렌 거짓이었습니다.

패리스   하지만 네 몸은 차게 변했지, 그렇지 않느냐? 내가 너를 여러 번 일으켜 세웠는데, 네 몸은 얼음 같았다. 댄포스 부지사님, 부지사님께서도…….

댄포스   나도 그걸 여러 번 봤지.

프록터   부지사님, 이 애는 단지 기절한 척했을 뿐입니다. 아이들 모두 다 놀라운 거짓말쟁이들입니다.

해손   그렇다면 메리 워렌은 지금 기절한 척할 수 있소?

프록터   지금 말입니까?

패리스 왜 안 되겠소? 지금은 이 아이를 공격하는 혼령이 없소, 왜냐하면 이 방에 있는 사람들은 마법을 부린 혐의가 없으니까. 그러니 지금 저 아이의 몸이 차게 변하도록 하고, 지금 공격을 받은 척하게 하고, 기절한 척하게 하시오. (패리스, 메리 워렌을 향해서) 기절해 보아라!

메리 워렌 기절하라고요?

패리스 그래, 기절해 봐라. 네가 어떻게 법정에서 여러 번 기절한 척했는가를 우리에게 증명해라.

메리 워렌 (프록터를 쳐다보며) 전…… 지금 기절할 수 없습니다, 주인님.

프록터 (놀라서, 그러나 조용히) 그런 척할 수 없단 말이냐?

메리 워렌 저는…… (기절할 수 있을 만한 격렬한 감정을 찾아내려는 듯 주변을 돌아본다.) 저는…… 지금 그 느낌이 없어요, 저는…….

댄포스 어째서? 지금 무엇이 부족한가?

메리 워렌 저는, 말할 수는 없지만, 부지사님. 저는…….

댄포스 여기에는 괴롭히는 혼령이 없지만, 법정에서는 있었기 때문이 아니겠느냐?

메리 워렌 전 결코 혼령을 본 적이 없어요.

패리스 그렇다면 지금 아무런 혼령도 보이지 않으니까, 네가 주장하는 대로, 네 의지대로 기절할 수 있다는 것을 우리에게 증명해라.

메리 워렌 (앞을 응시한다. 기절할 수 있을 만한 감정을 잡으려고 하면서. 그런 다음 고개를 젓는다.) 저는, 할 수 없어요.

패리스 그렇다면 고백해라, 고백하지 않겠느냐? 너를 기절하
게 만든 것은 혼령의 공격이었다고!

메리 워렌 아니에요, 목사님. 저는…….

패리스 부지사님, 이것은 법정을 속이려는 책략입니다!

메리 워렌 책략은 아니에요! (일어선다.) 저, 저는 기절하곤 했
어요. 왜냐하면 저는…… 저는 혼령을 보았다고 생각
했기 때문이에요

댄포스 혼령을 본 것으로 생각했다고!

메리 워렌 그러나 본 것은 아니었습니다, 부지사님.

해손 네가 보지도 않고서 어떻게 혼령을 보았다고 생각할
수 있었느냐?

메리 워렌 제, 제가 어떻게 그랬는지는 설명할 수 없습니다만,
그렇게 생각은 했어요. 저…… 저는 다른 아이들이 비
명을 지르는 것을 들었어요. 그리고, 부지사님, 부지사
님께서도 애들을 믿는 것같이 보였어요. 그래서 저는,
부지사님, 이건 처음에는 그저 장난이었어요. 그러다
가 온통 세상에서 혼령이다, 혼령이다, 외쳐 대는 거예
요. 그리고 저는, 댄포스 부지사님께 맹세하는데, 혼
령을 보았다고 생각만 했을 뿐 본 것은 아니에요.

(댄포스, 메리를 뚫어지게 응시한다.)

패리스 (미소를 짓고 있으나 댄포스가 메리 워렌의 이야기에 공감

하는 것처럼 보여 불안해하며) 분명히 부지사님께서는 이렇게 어리석은 거짓말에 속지 않으시겠지요.

댄포스 (근심에 찬 표정으로 애비게일에게 돌아서며) 애비게일, 이제 네 가슴속을 파헤쳐 보고 내 물음에 대답해라. 그리고, 얘야, 이것은 조심해라. 하느님께는 모든 영혼이 다 소중하며 이유 없이 생명을 빼앗는 자들에 대한 하느님의 복수는 무섭다는 것을. 네가 본 혼령들이 그냥 환영일 수도 있지 않겠느냐? 네 마음에 떠오른 어떤 속임수라든가…….

애비게일 저, 이건, 이건 비열한 질문이십니다, 부지사님.

댄포스 에비게일, 나는 네가 이 점을 고려해 봤으면 한다…….

애비게일 댄포스 부지사님, 저는 상처를 입었습니다. 저는 제 피가 흐르는 것을 보았습니다! 저는 악마의 사람들을 골라내는 제 의무를 행했기 때문에 매일 거의 살해를 당할 지경에 처해 있었습니다. 그런데 이것이 저에 대한 보상인가요? 의심받고, 거부되고, 질문을 받고, 마치…….

댄포스 (약해지면서) 애비게일, 나는 널 의심하는 게 아니다.

애비게일 (드러내 놓고 협박조로) 부지사님께서도 조심하십시오. 부지사님께선 지옥의 힘이 부지사님의 지혜를 전복시킬 수 없을 만큼 스스로를 막강하다고 생각하십니까? 그걸 조심하세요! 뭔가…… (갑자기 비난하는 태도에서 일변하여 머리 위 공중을 바라본다. 진짜로 겁에 질린 모습이다.)

댄포스 　(걱정하며) 왜 그러느냐, 애야?

애비게일 　(공중을 두리번거리며, 마치 추운 듯 팔로 몸을 감싸고서)
　　　　　저, 저는 모르겠어요. 바람, 찬바람이 불어와요.

(애비게일의 시선이 메리 워렌에게 간다.)

메리 워렌 　(겁에 질려 애원하며) 애비!

머시 루이스 　(몸을 떨며) 부지사님, 몸이 얼어붙어요!

프록터 　이 애들은 거짓으로 그러는 겁니다!

해손 　(애비게일의 손을 만져 본다.) 차갑습니다, 부지사님. 이
　　　　애를 만져 보십시오!

머시 루이스 　(이를 덜덜 떨며) 메리, 네가 이 그림자를 내게 보
　　　　냈니?

메리 워렌 　주여, 저를 구원해 주소서!

수재너 월콧 　내 몸이 얼어요, 내 몸이 얼어요!

애비게일 　(눈에 띄게 몸을 떨며) 바람이다, 바람이야!

메리 워렌 　애비, 그러지 마!

댄포스 　(애비게일에게 휘말려 그녀에게 가담하여) 메리 워렌, 너
　　　　는 애비게일에게 마법을 걸고 있는 것이냐? 묻건대,
　　　　너의 혼령을 보내고 있는 것이냐?

(발작적으로 외치면서 메리 워렌 뛰어가려 한다. 프록터, 그녀를 잡
는다.)

메리 워렌 (거의 무너지듯) 제발, 가게 해 주세요, 주인님. 전 할
　　　　　수 없어요, 할 수 없어요…….
애비게일 (하늘을 향해 외치며) 오, 하늘에 계신 아버지여, 이 그
　　　　　림자를 거두어 주십시오!

(경고도 망설임도 없이 프록터, 애비게일에게 달려들어 머리채를 쥐
고서 일으켜 세운다. 애비게일, 고통에 찬 비명을 지른다. 댄포스가
깜짝 놀라 외친다. "뭐하는 건가?" 해손과 패리스도 외친다. "그 애
에게서 손을 떼!" 그런 와중 프록터의 성난 소리가 울린다.)

프록터 네가 어떻게 하느님을 부르는 거냐! 이 창녀! 창녀!

(헤릭, 프록터를 애비게일에게서 떼어 놓는다.)

헤릭　　존!
댄포스　이봐! 이봐, 어쩌려는 건가.
프록터　(숨을 헐떡이며 고통에 차서) 이 애는 창녀입니다!
댄포스　(아연실색해서) 자네는 고발을……?
애비게일　댄포스 부지사님, 거짓말입니다!
프록터　저 애를 주의해서 보십시오! 이제 저를 공격하려고
　　　　비명을 지를 것입니다, 그러나…….
댄포스　증거를 대시오! 이 문제는 그냥 넘어갈 수 없소!
프록터　(자신의 인생이 무너지듯, 몸을 떨며) 저는 애비게일과
　　　　정을 통했습니다, 부지사님, 정을 통했습니다.

댄포스   당신, 당신이 간음을 했다는 말이오?

프랜시스 (겁에 질려서) 존, 그런 것은 말할 필요가 없네…….

프록터   오, 프랜시스, 당신에게도 사악한 면이 있어서 나를
         이해할 수 있다면 얼마나 좋겠소! (댄포스에게) 사나
         이는 자신의 명예를 저버리지 않습니다. 그 점은 분명
         히 알고 계시겠죠.

댄포스   (아연실색해서) 언제, 언제였소? 어디에서였소?

프록터   (막 울음을 터뜨릴 듯한 목소리로 깊은 수치감에 차서) 그
         럴 만한 장소였습니다. 제 가축들이 잠을 자는 곳이었
         지요. 마지막 즐거움을 갖던 밤이 지난 지 약 여덟 달
         이 지났습니다. 애비게일은 원래 제 집에서 일하던 애
         입니다. (울음을 참기 위해 프록터, 이를 악문다.) 하느님
         께서 잠들어 계시다고 생각하는 사람이 있을지 모르
         지만, 하느님은 모든 것을 보고 계십니다. 저는 그것
         을 지금 알았습니다, 간청합니다, 부지사님. 간청합니
         다. 제발 저 여자애의 정체를 보아 주십시오. 제 아내
         는, 제 사랑하는 아내는, 그 후 곧 이 이이를 조사하고
         는 집 밖으로 쫓아냈습니다. 이 애의 본성이란 허영덩
         어리여서, 부지사님, (프록터, 감정에 압도된다.) 부지사
         님, 용서해 주십시오, 용서해 주십시오. (자신에게 화를
         내며 잠시 동안 댄포스에게서 얼굴을 돌린다. 그런 뒤 울부
         짖는 것만이 남겨진 유일한 대화의 수단인 것처럼) 저 여
         자애는 제 아내 무덤 위에서 저와 함께 춤출 것을 생
         각하고 있습니다! 그렇게 생각할 만도 했습니다. 저

는 이 아이를 사랑스럽게 생각했기 때문이죠. 하느님, 저를 도와주십시오. 저는 간음을 했습니다. 그리고 그런 간음 중에는 약속을 하지요. 그러나 이번 일은 저 창녀의 복수입니다. 부지사님은 아셔야 합니다. 저는 저를 전적으로 부지사님 손에 맡깁니다. 이제는 부지사님도 진상을 보셔야만 합니다.

댄포스   (공포로 얼굴이 창백해져서, 애비게일을 돌아보며) 너는 이 사실을 전면적으로 부인하느냐?

애비게일   그 질문에 제가 반드시 답변을 해야 한다면, 저는 이 곳을 떠나서 다시는 돌아오지 않겠습니다!

(댄포스, 갈피를 잡지 못한다.)

프록터   저는 제 명예에 조종을 울렸습니다! 제 좋은 평판에 대한 파멸의 종을 울렸습니다. 댄포스 부지사님, 제 말을 믿어 주십시오! 제 아내는 결백합니다. 창녀를 보고 창녀인 것을 안 걸 제외하고는!

애비게일   (댄포스에게 다가서며) 왜 그런 표정으로 저를 보시죠? (댄포스, 말문이 막힌다.) 제게 그런 표정을 지으셔서는 안 돼요! (애비게일, 몸을 돌려 문을 향해 가려 한다.)

댄포스   그 자리에 그대로 있어라! (헤릭, 애비게일을 막아선다. 애비게일, 타오르는 듯한 눈빛으로 멈춰 선다.) 패리스 목사, 법정 안에 들어가서 프록터 씨의 아내를 데려오시오.

패리스   (반대하며) 부지사님, 이것은 전부…….

댄포스　(패리스를 향해 날카롭게) 그녀를 데려오시오! 그리고
　　　　여기서 한 말은 하나도 그 여인에게 말하지 마시오.
　　　　들어오기 전에 노크를 하도록 하시오. (패리스 나간
　　　　다.) 이제 우리는 이 진창의 바닥에 닿겠군. (프록터에
　　　　게) 당신은 아내가 정직한 여인이라고 말했소.

프록터　부지사님, 그 여자는 평생 거짓말을 한 적이 없습니
　　　　다. 노래를 하지 못하는 사람도 있고, 울지 못하는 사
　　　　람도 있습니다. 제 아내는 거짓말을 못 합니다. 저는
　　　　값비싼 대가를 치르고서 그걸 알았습니다, 부지사님.

댄포스　그러면 당신 아내가 이 아이를 집 밖으로 쫓아냈을 때
　　　　난잡한 아이라서 내쫓은 것이오?

프록터　그렇습니다, 부지사님.

댄포스　이 아이가 난잡하다는 걸 알았단 말이오?

프록터　네, 부지사님. 제 아내는 이 아이가 그런 아이라는 걸
　　　　알았습니다.

댄포스　그렇다면 좋소. (애비게일에게) 얘야, 만약 프록터의
　　　　아내가 내게 불륜 행위에 대해서 말한다면, 하느님이
　　　　네게 자비를 베푸시길 바란다! (노크 소리가 들린다. 댄
　　　　포스, 문을 향해 소리친다.) 잠깐 기다려! (애비게일에게)
　　　　돌아서라. 뒤로 돌아서. (프록터에게) 당신도 돌아서
　　　　시오. (둘 다 등을 돌리고 선다. 애비게일 분노에 차 천천히
　　　　움직인다.) 이제 두 사람 다 프록터의 아내를 쳐다봐
　　　　서는 안 되오. 이 방에 있는 사람은 한마디도 말해선
　　　　안 되고, 긍정이나 부정의 몸짓을 해서도 안 되오. (문

을 향해 돌아서며 외친다.) 들어오라! (문이 열린다. 패리스와 함께 엘리자베스가 들어온다. 패리스, 엘리자베스 곁을 떠난다. 홀로 선 채 엘리자베스는 눈으로 프록터를 찾는다.) 치버 씨, 이 증언을 모두 정확히 기록하시오. 준비됐소?

치버 준비됐습니다, 부지사님.

댄포스 그대는 이리 오시오. (엘리자베스, 프록터의 등을 흘끗 쳐다보며 댄포스에게 간다.) 나만을 쳐다보시오. 그대 남편을 보지 말고. 내 눈만을 쳐다봐요.

엘리자베스 (약하게) 네, 부지사님.

댄포스 우리는 그대가 한때 하녀였던, 애비게일 윌리엄스를 해고했다는 사실을 알게 됐소.

엘리자베스 그렇습니다. 부지사님.

댄포스 무슨 이유로 그녀를 해고했소? (잠시 침묵한다. 그런 뒤 엘리자베스, 프록터를 쳐다보려고 한다.) 그대는 내 눈만을 보시오, 남편은 쳐다보지 말고. 그 답변은 그대 기억 속에 있으니 내게 답변을 하는 데에 도움은 필요하지 않아요. 어째서 애비게일 윌리엄스를 해고했소?

엘리자베스 (상황을 알아채고는 뭐라고 말을 해야 할지 알 수 없어 입술을 축이며 시간을 끈다.) 저 애는…… 제 마음에 들지 않았습니다. (잠시 말을 멈춘다.) 그리고 제 남편 마음에도 들지 않았습니다.

댄포스 어떤 점이 마음에 들지 않았소?

엘리자베스 저 애는……. (암시를 찾고자 프록터를 바라본다.)

댄포스 부인, 나를 쳐다보시오! (엘리자베스, 댄포스를 바라본다.) 그 애가 게을렀던가? 나태했나? 무슨 소동이라도 일으켰나?

엘리자베스 부지사님, 저는 그 당시 병중이었습니다. 그리고 저는……. 제 남편은 선량하고 올바른 사람입니다. 다른 사람들같이 술을 마신 적도 없고, 셔플보드 놀이에 시간을 낭비하지도 않았습니다. 언제나 일만 했습니다. 그러나 제가 아파서…… 아시다시피, 부지사님, 저는 막내 아이를 낳은 후 오랫동안 아팠습니다. 그래서 저는 제 남편이 제게서 얼마간 멀어져 버린 것 같다는 생각을 했던 것입니다. 그런데 이 아이가…….
(엘리자베스, 애비게일을 향해 돌아선다.)

댄포스 나를 쳐다보시오.

엘리자베스 네, 부지사님. 애비게일 윌리엄스가…… (엘리자베스, 말을 멈춘다.)

댄포스 애비게일 윌리엄스가 어쨌단 말이오?

엘리자베스 저는 남편이 저 애를 좋아한다는 생각을 하게 됐습니다. 그래서 어느 날 밤 전 이성을 잃고서는, 저 애를 길가로 내쫓았습니다.

댄포스 그대 남편은…… 정말로 그대로부터 멀어졌소?

엘리자베스 (고통에 차서) 제 남편은…… 훌륭한 사람입니다, 부지사님.

댄포스 그렇다면 그대 남편은 그대로부터 멀어진 것이 아니로군.

엘리자베스 (프록터를 쳐다보려고 하면서) 제 남편은…….

댄포스 (팔을 뻗어 엘리자베스의 얼굴을 잡은 뒤) 나를 쳐다보라고! 그대가 알기에 존 프록터가 간음죄를 범한 적이 있소? (결정을 내릴 수 없는 위기에 처해, 엘리자베스 말을 하지 못한다.) 질문에 대답해요! 그대 남편은 간음죄를 범했소?

엘리자베스 (약하게) 아닙니다, 부지사님.

댄포스 이 여자를 데려가시오, 보안관.

프록터 엘리자베스, 진실을 말해!

댄포스 이미 말했소. 이 여자를 데려가시오!

프록터 (울부짖으며) 엘리자베스, 나는 그 사실을 고백했어!

엘리자베스 아, 하느님! (엘리자베스의 등 뒤로 문이 닫힌다.)

프록터 제 아내는 오로지 제 평판을 구하려는 생각만 한 것입니다.

헤일 부지사님, 이것은 어쩔 수 없는 거짓말입니다. 간청하건대, 또 다른 사람이 유죄 판결을 받기 전에 여기서 중지해 주십시오! 저는 더 이상 이 문제에 대해 양심의 문을 닫고 있을 수 없습니다. 개인적인 복수심이 이 증언 가운데 작용하고 있습니다! 처음부터 이 사람은 진실하다는 인상을 제게 주었습니다. 하느님께 맹세코, 저는 이제 이 사람을 믿습니다. 부지사님께서 이 사람의 아내를 다시 불러 주시기 바랍니다. 우리가…….

댄포스 그 여자는 간음에 대해서는 아무 말도 하지 않았소. 그러니 이자가 거짓말을 한 것이오!

헤일　　저는 이 사람을 믿습니다! (애비게일을 가리키며) 이 아이는 제게 언제나 거짓되다는 느낌을 주었습니다! 이 아이는…….

(애비게일, 기분 나쁘고, 난폭하고, 냉랭한 소리로 천장을 향해 외친다.)

애비게일　안 돼! 저리 가! 저리 가라고 했잖아!

댄포스　　얘야, 왜 그러느냐? (하지만 애비게일은 공포에 질려 손가락질을 하며, 두려움에 찬 두 눈을 하고 겁에 질린 얼굴로 천장을 올려다본다. 나머지 소녀들도 같은 행동을 한다. 그러자 해손, 헤일, 퍼트넘, 치버, 헤릭, 그리고 댄포스도 똑같이 쳐다본다.) 뭐가 있는 거냐? (댄포스, 천장에서 시선을 내린다. 겁에 질려 있으며 진짜 긴장감이 스민 목소리이다.) 얘야! (애비게일, 꼼짝도 하지 않는다. 다른 아이들과 함께 입을 벌리고 훌쩍거린다. 천장을 향해 망연자실한 채이다.) 얘들아, 너희들 왜……?

머시루이스　(손가락으로 가리키며) 대들보에 있다! 서까래 뒤다!

댄포스　　(위를 쳐다보며) 어디라고!

애비게일　어째서……? (침을 삼킨다.) 왜 왔니, 노란 새야!

프록터　　새가 어디 있다는 거지? 난 아무 새도 안 보인다!

애비게일　(천장을 향해) 내 얼굴? 내 얼굴?

프록터　　헤일 목사…….

댄포스　　조용히 하시오!

프록터　　(헤일에게) 새가 보이십니까?

170

댄포스 조용히 하라니까!

애비게일 (천장을 향해서 '새'와 정말 대화하며, 마치 대화를 통해 공격을 막으려는 듯) 그렇지만 하느님께서 내 얼굴을 만드셨어. 넌 내 얼굴을 찢으려고 해서는 안 돼. 시기심은 지옥에 떨어질 죄악이야, 메리.

메리 워렌 (펄쩍 뛰어올라 겁에 질려 애원하며) 애비!

애비게일 (동요하지 않고 계속 '새'에게 말을 하며) 아, 메리, 네 모습을 바꾼 건 마법이로구나. 아니, 난 그럴 수 없어. 입을 다물 수는 없어. 내가 하는 건 하느님의 일이야.

메리 워렌 애비, 난 여기 있어!

프록터 (미친 듯이) 이 애들은 거짓으로 이러는 겁니다, 댄포스 부지사님!

애비게일 (새가 순식간에 위에서 내려와 덮칠 것을 두려워하듯 뒷걸음친다.) 아, 제발, 메리! 내려오지 마.

수재너 월콧 발톱을, 쟤가 발톱을 내뻗고 있어!

프록터 거짓말, 거짓말이야.

애비게일 (뒤로 더 물러나며, 시선은 그대로 위를 향한 채) 메리, 제발 날 해치지 마!

메리 워렌 (댄포스에게) 전 애비를 해치지 않아요!

댄포스 어째서 애비게일이 이 같은 환영을 본단 말이냐?

메리 워렌 아무것도 안 보고 있는 거예요!

애비게일 (이제는 마치 최면에 걸린 듯 정면을 응시하며, 메리 워렌의 외침을 그대로 흉내 낸다.) 아무것도 안 보고 있는 거예요!

메리 워렌 (간청하며) 애비, 그러지 마!

애비게일과 그 밖의 여자애들   (모두 꼼짝하지 않는다.) 애비, 그러
지 마!

메리 워렌 (모든 여자애들에게) 난 여기 있어, 난 여기 있어!

여자애들 난 여기 있어, 난 여기 있어!

댄포스 (겁에 질려서) 메리 워렌! 네 혼령을 저 아이들로부터
거둬들여라!

메리 워렌 댄포스 부지사님!

여자애들 (메리 워렌의 말을 자르며) 댄포스 부지사님!

댄포스 너는 악마와 계약했나? 계약을 맺었나?

메리 워렌 절대로, 절대로 아닙니다!

여자애들 절대로, 절대로 아닙니다!

댄포스 (점점 신경질적으로) 어째서 저 애들은 네 말을 되풀이
만 하고 있느냐?

프록터 제게 회초리를 주십시오. 제가 멈추게 하겠습니다.

메리 워렌 저 애들은 장난을 치고 있어요. 저 애들은……!

여자애들 저 애들은 장난을 치고 있어요!

메리 워렌 (신경질적으로 소녀들을 향해 돌아서서 발은 구르면서)
애비, 그만둬!

여자애들 (발을 구르면서) 애비, 그만둬!

메리 워렌 그만둬!

여자애들 그만둬!

메리 워렌 (목청껏 외치면서 주먹을 쳐들고) 그만둬!

여자애들 (주먹을 쳐들고) 그만둬!

(메리 워렌, 극도로 당황한다. 그리고 애비게일과 다른 여자애들의 완전한 확신에 압도당해 흐느껴 울기 시작한다. 힘없이 손을 반쯤 올린 채다. 그러자 다른 여자애들도 메리 워렌과 똑같이 흐느껴 울기 시작한다.)

댄포스 좀 전에 너는 괴롭힘을 당했어. 이제는 네가 남들을 괴롭히는 거 같구나. 어디서 이런 힘을 얻었지?

메리 워렌 (애비게일을 응시하며) 저에겐…… 힘이 없어요.

여자애들 저에겐 힘이 없어요.

프록터 아이들이 부지사님을 속이고 있습니다, 부지사님!

댄포스 어째서 너는 지난 두 주 동안에 태도를 바꿨느냐? 너는 악마를 보았다, 그렇지 않느냐?

헤일 (애비게일과 다른 여자애들을 가리키며) 부지사님은 저 애들을 믿으셔선 안 됩니다!

메리 워렌 저는…….

프록터 (메리 워렌이 약해지는 것을 눈치채고) 메리, 하느님은 모든 거짓말하는 자들을 저주하신다!

댄포스 (메리에게 집요하게 따져 들며) 넌 악마를 보았다, 넌 악마와 계약을 맺었어, 그렇지 않으냐?

프록터 하느님은 거짓말쟁이들을 저주하신다, 메리!

(메리, 계속 천장의 '새'를 보고 있는 애비게일을 쳐다보며 알아듣지 못할 소리로 무엇인가 중얼거린다.)

댄포스   네 말을 알아들을 수가 없다. 뭐라고 한 거냐? (메리,
또다시 알아들을 수 없는 말을 중얼거린다.) 자백을 하거
나, 아니면 넌 교수형이다! (댄포스, 메리가 자기를 보도
록 거칠게 돌려 세운다.) 너 내가 누구인 줄 알아? 다 털
어놓지 않으면 교수형이라고 했다!

프록터   메리, 라파엘 천사를 기억하거라. 선한 일을 행하고…….

애비게일   (위를 가리키며) 날개다! 저 애가 날개를 펴고 있어
요! 메리, 제발, 그러지 마, 그러지 마……!

헤일   제겐 아무것도 보이지 않습니다, 부지사님!

댄포스   이 힘이 무엇인지 고백해라! (메리 워렌의 얼굴을 아주
가까이에서 들여다보며) 말해 봐!

애비게일   저 애가 내려오려고 해요! 대들보 위로 걷고 있어요!

댄포스   말해!

메리 워렌   (공포에 차 바라보며) 말할 수 없어요!

여자애들   말할 수 없어요!

패리스   악마를 쫓아내라! 악마의 얼굴을 똑바로 보아라! 악
마를 짓밟아라! 우리가 너를 구해 줄 테니, 메리, 악마
에게 굳세게만 대항해라. 그러면…….

애비게일   (위를 쳐다보며) 저것 보세요! 저 애가 내려오고 있어요!

(애비게일과 다른 여자애들 모두 눈을 가리며 한쪽 벽으로 달려간
다. 그러고 나서, 마치 궁지에 몰린 듯 아주 큰 비명을 지른다. 그러
자 메리는 마치 감염된 듯, 입을 열고 그들과 함께 비명을 지른다. 애
비게일과 다른 여자애들은 서서히 무대 중앙에서 물러나고, 마침내

174

메리 혼자만 남아 '새'를 노려보며 미친 듯이 비명을 지른다. 모두들 이처럼 분명한 발작에 공포를 느끼면서 메리를 주시한다. 프록터, 메리에게 성큼성큼 걸어간다.

프록터　메리, 부지사님께 말씀드려, 저 애들의……. (프록터가 말을 마치기도 전에 자기에게 다가오는 것을 보고 메리, 공포에 찬 비명을 지르면서 프록터의 손이 미치지 않도록 달아난다.)

메리 워렌　날 건드리지 마세요. 내게 손대지 마세요! (그 소리를 듣고 여자애들이 문에서 멈춰 선다.)

프록터　(깜짝 놀라) 메리!

메리 워렌　(프록터를 손가락질하며) 당신은 악마의 시종이야!

(프록터, 그 자리에 멈춰 선다.)

패리스　하느님을 찬양하라!

소녀들　하느님을 찬양하라!

프록터　(망연자실해서) 메리, 왜……?

메리 워렌　난 당신과 함께 교수형을 받지 않겠어요! 난 하느님을 사랑해요, 하느님을 사랑해요.

댄포스　(메리에게) 그가 네게 악마의 일을 하도록 사주했나?

메리 워렌　(신경질적으로 프록터를 가리키면서) 내게 밤이나 낮이나 와서는 서명을 하라고, 서명을 하라고…….

댄포스　무엇을 서명하라고?

패리스 악마의 책이냐? 그가 악마의 책을 갖고 오더냐?

메리 워렌 (신경질적으로 프록터를 가리키면서, 그에 대한 공포에 사로잡혀) 제 이름이요, 제 이름을 원했어요. "난 너를 죽이겠다."라고 말했어요. "만약 내 아내가 교수형을 당한다면! 우리는 가서 법정을 뒤엎어 놔야만 해."라고 말했어요!

(댄포스, 프록터를 향해 머리를 획 돌린다. 충격과 공포를 띤 표정이다.)

프록터 (몸을 돌려 헤일에게 애원하듯) 헤일 목사님!

메리 워렌 (흐느껴 울기 시작하면서) 그는 매일 밤 저를 깨웠어요. 눈은 숯불 같았고 손가락으로 제 목을 움켜쥐었어요. 그래서 저는 서명을 했어요, 서명을 했어요.

헤일 부지사님, 이 아이는 제정신이 아닙니다!

프록터 (댄포스의 부릅뜬 눈이 자신을 향하고 있는 동안) 메리, 메리!

메리 워렌 (프록터를 향해 비명을 지르며) 이뇨, 난 하느님을 사랑해요. 더 이상 당신의 길을 따를 수 없어요. 난 하느님을 사랑해요. 하느님을 축복해요. (흐느끼면서 애비게일에게 달려간다.) 애비, 애비, 너를 더 이상 해치지 않을게! (모두의 시선 가운데 애비게일, 무한한 자비심을 보이며 손을 뻗어 흐느끼는 메리를 자기에게 끌어당긴다. 그런 뒤 댄포스를 올려다본다.)

댄포스 (프록터에게) 너는 어떤 인간이냐? (프록터, 분노에 차서 말을 잇지 못한다.) 너는 그리스도의 적과 결탁을 했지, 그렇지? 나는 네 힘을 보았다. 부정할 수는 없을 거야! 말해 봐, 프록터.

헤일 부지사님…….

댄포스 당신한테선 더 들을 말이 없소, 헤일 목사! (프록터에게) 너 자신이 지옥에 더럽혀진 것을 자백하겠느냐, 아니면 아직도 악마에게 충성하겠느냐? 뭐라 말할 텐가?

프록터 (감정이 격해져 숨을 헐떡이며) 내 말은…… 내 말은…… 하느님은 죽었소!

패리스 저 소리, 저 소리를!

프록터 (미친 듯이 웃은 뒤) 불이다, 불이 타고 있소! 나는 악마의 발자국 소리를 듣고 있소. 그의 추악한 얼굴을 봅니다! 그것은 내 얼굴이오, 그리고 당신 얼굴이기도 합니다. 댄포스! 내가 움츠러들었던 것처럼, 그리고 당신들이 사악한 마음속에서 이것이 거짓인 줄 알면서도 지금 움츠러든 것같이, 인간을 무지에서 이끌어 내는 것에 움츠려 있는 자들에게…… 하느님은 특별히 우리 같은 인간들을 저주하십니다. 그래서 우리는 불에 타 버릴 것이오. 우리 모두 함께 불타 버릴 것이오!

댄포스 보안관! 이자와 코리를 함께 감옥에 넣도록!

헤일 (방을 가로질러 문으로 가면서) 나는 이 소송 절차를 고발합니다!

프록터 당신들은 하느님을 끌어내리고 창녀를 받들고 있소!

헤일 나는 이 소송 절차를 고발합니다. 나는 이 법정을 떠

나겠소. (헤일 목사, 등을 지고 밖을 향한 문을 쾅 닫는다.)

댄포스　(격노해서 헤일 목사를 큰 소리로 부른다.) 헤일 목사! 헤일 목사!

막이 내린다.

4막

세일럼 감옥의 한 감방, 그해 가을.

무대 뒤에 높은 쇠창살 창문이 하나 있고 그 가까이에 크고 무거운 감방 문이 있다. 양쪽 벽에 벤치가 두 개 있다.

쇠창살을 통해 스며들어 오는 달빛을 제외하고는 감방은 어둠 속에 놓여 있다. 방은 텅 빈 듯 보인다. 벽 저편의 복도로 걸어오는 발자국 소리가 들리고, 열쇠가 덜그럭 소리를 낸다. 문이 휙 열린다. 경찰서장 헤릭이 랜턴을 들고 들어온다.

거의 만취한 채로 무겁게 걸어온다. 벤치 쪽으로 간 헤릭은 그 위에 누운 누더기 더미를 팔꿈치로 가볍게 찌른다.

헤릭   세라, 일어나! 세라 굿! (그런 뒤 방을 가로질러 다른 벤치로 간다.)

세라굿   (누더기 속에서 일어나며) 오, 폐하! 이리 와, 이리 와!

티투바, 그분께서 여기 계셔. 폐하께서 오셨어!

헤릭   북쪽 감방으로 가, 지금 이곳을 써야 돼. (랜턴을 벽에 건다. 티투바, 일어나 앉는다.)

티투바   폐하처럼 보이지는 않는데요. 내게는 경찰서장님처럼 보여요.

헤릭   (작은 술병을 꺼내며) 자, 너희들 어서 나가. 이 방을 비워야 해. (헤릭, 술을 마신다. 세라 굿이 와서 그의 얼굴을 응시한다.)

세라굿   아, 당신이군, 서장님! 난 당신이 우리를 데리러 온 악마인 줄로만 알았지. 가는 마당에 사과주 한 모금만 마실 수 있을까?

헤릭   (술병을 세라에게 넘겨주며) 세라, 그래 어디로 가는데?

티투바   (세라가 마시는 동안) 우린 바베이도스로 갈 거예요. 깃털과 날개를 갖고 악마가 조금 있다 여기 올 거예요.

헤릭   그래? 즐거운 여행이 되길 바란다.

세라굿   파랑새 한 쌍이 남쪽으로 날아갈 거야, 우리 둘 말이야! 아, 근사한 변신이겠지, 서장님! (더 마시려고 술병을 든다.)

헤릭   (세라의 입에서 술병을 빼앗으며) 그건 나한테 도로 주는 게 좋아. 안 그러면 넌 결코 땅 위를 날 수가 없을 테니까. 자, 빨리 나가.

티투바   악마에게 말해 드릴게요. 함께 가고 싶으시다면요, 서장님.

헤릭   거절하지는 않겠어, 티투바. 지옥으로 날아가기에는 알맞은 아침이군.

티투바   아, 바베이도스에는 지옥이 없어요. 바베이도스에서는 악마가 마음껏 즐기지요. 노래를 부르고 춤을 춰요. 당신네들은…… 악마를 성나게 만들어요. 여긴 악마에겐 너무 추운 곳이에요. 매사추세츠에서는 악마의 영혼이 얼어붙어요. 그렇지만 바베이도스에서 악마는 상냥하고…… (암소 울음소리가 들린다. 그러자 티투바 벌떡 일어나서 창문에다 대고 소리친다.) 네, 나리! 세라, 그분이야!

세라 굿   전 여기 있습니다, 폐하! (둘 다 황급히 자신들의 누더기를 집어든다. 그때 간수 홉킨스가 등장한다.)

홉킨스   부지사님께서 도착하셨습니다.

헤릭   (티투바를 움켜잡고) 자, 빨리, 빨리 따라와.

티투바   (저항하며) 안 돼요. 그분이 날 데리러 와요. 나는 고향에 갈 거예요!

헤릭   (티투바를 문으로 끌고 가며) 그건 악마가 아니야, 젖이 잔뜩 불어난 늙은 암소라고. 자, 어서 여기서 나가!

티투바   (창에 대고 외치며) 악마여, 날 고향에 데려가 주세요! 고향에 데려가 주세요!

세라 굿   (외치면서 나가는 티투바의 뒤를 따르며) 티투바, 그분께 나도 간다고 말해 줘! 그분한테 세라 굿도 간다고 말해 줘!

(바깥 복도에서 티투바, 소리를 지른다. "날 고향에 데려가 주세요,

악마시여. 악마여, 날 고향에 데려다 주세요!" 그리고 티투바에게 앞
으로 가라고 명령하는 홉킨스의 목소리가 들린다. 헤릭은 되돌아와
서 누더기와 짚더미를 구석으로 밀어 넣기 시작한다. 발자국 소리에
헤릭, 몸을 돌린다. 댄포스와 해손 판사가 등장한다. 두 사람은 매서
운 추위를 막기 위해 두꺼운 외투를 입고 모자를 썼다. 두 사람의 뒤
를 따라 치버가 들어온다. 공문서 발송함과 필기도구가 든 납작한 나
무 상자를 들고 있다.)

헤릭   안녕하십니까, 부지사님.

댄포스 패리스 목사는 어디 있소?

헤릭   가서 데려오겠습니다. (문을 향해 나간다.)

댄포스 서장! (헤릭, 걸음을 멈춘다.) 언제 헤일 목사가 도착
      했소?

헤릭   자정쯤인 것 같습니다.

댄포스 (의심스러운 듯) 그는 여기서 무엇을 하는 거요?

헤릭   교수형을 받을 사람들과 함께 있습니다, 부지사님. 그
      들과 함께 기도를 합니다. 지금은 너스 부인과 함께
      있습니다. 패리스 목사도 헤일 목사와 같이 있습니다.

댄포스 그래, 서장, 그 사람은 이곳에 들어올 권리가 없어. 어
      째서 그 사람을 들어오게 했소?

헤릭   저, 패리스 목사가 제게 명령을 했습니다, 부지사님.
      그분 말을 거절할 수는 없으니까요.

댄포스 취했소, 서장?

헤릭   아닙니다, 부지사님. 살을 에는 추운 밤이고, 게다가

이곳엔 불이 없어서요.

댄포스 (분노를 억누르며) 패리스 목사를 데려오시오!

헤릭 네, 부지사님.

댄포스 여긴 냄새가 지독하군.

헤릭 부지사님이 오셔서 방금 죄수들을 내보냈습니다.

댄포스 너무 마시지 말도록 주의하시오, 서장!

헤릭 네, 부지사님. (또 다른 명령이 있을까 잠시 더 기다린다. 그러나 댄포스가 불쾌한 듯 등을 돌리자 헤릭, 밖으로 나간다. 잠시 정적이 흐른다. 댄포스는 생각에 잠긴 채 서 있다.)

해손 부지사님, 헤일 목사를 심문하십시오. 최근에 그가 앤도버에서 설교를 하고 있었다 해도 저는 놀라지 않을 겁니다.

댄포스 거기에 대해선 곧 알게 될 거요. 앤도버에 대해선 아무 말도 하지 마시오. 패리스 목사가 헤일 목사와 함께 기도를 한다, 그거 이상한 일이군. (손에 입김을 불면서 창가로 가서 밖을 내다본다.)

해손 부지사님, 패리스 목사를 그렇게 계속 죄수들과 함께 있도록 내버려 두는 것이 현명한 일일까 하는 의문이 듭니다. (댄포스, 흥미를 느끼고 해손을 향해 돌아선다.) 최근에는 그 사람이 때때로 미친 사람 같은 얼굴을 하고 있다는 생각이 듭니다.

댄포스 미쳤다고?

해손 어제 자기 집에서 나오는 패리스 목사를 만났습니다. 그래, 제가 그 사람에게 아침 인사를 건넸지요. 그런데 그 사람은 울면서 자기 갈 길로 가 버리더군요. 마을 사람들이 목사의 저렇게 불안정한 모습을 보는 것은 좋지 않다고 생각합니다.

댄포스 아마도 무슨 걱정거리가 있는 모양이지.

치버 (추위를 이기느라 발을 구르며) 암소들 때문일 겁니다, 부지사님.

댄포스 암소들이라고?

치버 수많은 암소들이 큰길에서 헤매고 있습니다. 지금 주인들은 감옥에 있고, 이제 암소들을 누가 차지할 것인지에 대해 많은 논쟁이 일어나는 중입니다. 패리스 목사는 어제 온종일 농부들과 말다툼을 했습지요. 부지사님, 암소를 둘러싼 아주 큰 말다툼이었습니다. 그 싸움이 목사를 울게 만든 거예요, 부지사님. 사람은 항상 말싸움 때문에 우니까요. (복도를 걸어오는 사람의 소리를 듣고 치버, 몸을 돌린다. 해손과 댄포스도 몸을 돌린다. 댄포스가 머리를 쳐들자 패리스가 들어선다. 패리스는 수척해져 있고 놀란 표정이며 두꺼운 외투 안으로 땀을 흘리는 중이다.)

패리스 (곧바로 댄포스에게) 아, 안녕하십니까, 부지사님. 와 주셔서 감사합니다. 이렇게 일찍 일어나시게 해서 죄송합니다. 안녕하십니까, 해손 판사님.

댄포스 헤일 목사는 이곳에 들어올 권리가 없는데…….

패리스 부지사님, 잠깐만. (급히 되돌아가서 문을 닫는다.)

해손 그 사람 혼자 죄수들과 있도록 놔두었소?

댄포스 그 사람은 여기서 무엇을 하는 것이오?

패리스 (기도하듯 두 손을 모으면서) 부지사님, 제 말을 들어 보십시오. 이것은 하느님의 섭리입니다. 헤일 목사는 레베카 너스를 하느님께 인도하기 위해서 돌아왔습니다.

댄포스 (놀라서) 그 사람이 그녀를 고백하게 만들었단 말인가?

패리스 (앉으며) 들어 보십시오. 레베카는 여기 온 후 3개월 동안 제게는 말 한마디 하지 않았습니다. 지금 레베카는 헤일 목사와 함께 앉아 있습니다. 레베카의 여동생과 마사 코리, 그밖에 두세 사람도 함께 있습니다. 헤일 목사는 그들에게 죄를 고백하고 생명을 구하라고 그들을 설득하고 있습니다.

댄포스 그래…… 이건 참으로 하느님의 섭리로군. 그래, 그들은 설득되었나, 설득되었소?

패리스 아직은 아닙니다, 아직은. 그러나 부지사님을 이곳에 모시려고 생각했습니다. 그래서 이 일이 현명한 일인지 아닌지를 생각해 보려고요. (감히 하려던 말을 입 밖에 내지 못한다.) 여쭤 봐야만 한다고 생각했습니다, 부지사님. 바라건대 저는 부지사님께서…….

댄포스 패리스 목사, 분명하게 말하시오. 무슨 걱정거리가 있소?

패리스 법정, 법정에서 반드시 알아야 할 소식이 있습니다, 부지사님. 제 조카딸, 조카딸이 사라진 것 같습니다.

댄포스 사라졌다고?

패리스 주초에 일찍 알려 드리려고 생각을 했습니다만…….

댄포스   이유는? 사라진 지 얼마나 됐소?

패리스   오늘이 사흘째입니다. 부지사님, 실은 그 아이가 제게
　　　　머시 루이스와 같이 하룻밤을 지내겠다고 말을 했지
　　　　요. 그래, 그다음 날, 그 아이가 돌아오지 않자, 루이스
　　　　댁에 사람을 보내 물어보았습니다. 머시는 자기 부친
　　　　한테 저희 집에서 하룻밤을 자겠다고 말했다는 것입
　　　　니다.

댄포스   둘 다 없어졌단 말이요?

패리스   (그를 두려워하며) 그렇습니다, 부지사님.

댄포스   (놀라서) 그 애들을 찾으러 수색대를 보내겠소. 그 애
　　　　들이 어디 있을 것 같소?

패리스   부지사님, 그 애들은 배를 탄 것 같습니다. (댄포스, 멍
　　　　하니 서 있다.) 그 애들이 지난주에 배에 대해서 말하는
　　　　것을 들었다고 제 딸이 제게 말했습니다. 그리고 어젯
　　　　밤 저의…… 저의 금고가 열려 있는 것을 발견했습니
　　　　다. (흐르는 눈물을 막기 위해 손가락으로 눈가를 누른다.)

해손   (깜짝 놀라서) 그 애가 당신 돈을 훔쳐 갔단 말이오?

패리스   31파운드가 없어졌습니다. 저는 빈털터리입니다. (얼
　　　　굴을 가리고 흐느낀다.)

댄포스   패리스 목사, 당신은 어리석은 사람이오! (생각에 잠겨
　　　　서 걷는다. 큰 걱정에 잠긴 채다.)

패리스   부지사님, 저를 비난하셔도 이득 될 것이 없습니다.
　　　　그 애들은 세일럼에 있는 것이 겁나서 도망간 것 같습
　　　　니다. (간청한다.) 부지사님, 생각해 보십시오. 애비게

일은 마을 일을 자세히 알고 있습니다. 그래서 앤도버 소식이 여기 알려졌기 때문에…….

댄포스 앤도버는 회복이 됐소. 금요일에 그곳 법정이 복귀하고, 심문을 다시 시작할 것이오.

패리스 그 말씀을 믿겠습니다, 부지사님. 하지만 여기 소문으로는 앤도버에 반란이 일어나서…….

댄포스 앤도버에 반란은 없소!

패리스 부지사님, 전 이곳 소문을 말씀드리는 겁니다. 앤도버에선 법정을 뒤엎었고, 마녀 재판을 하지 않을 것이라고들 합니다. 이곳에는 이런 소문을 먹고사는 파벌이 있습니다. 그런데 사실인즉슨, 부지사님, 저는 이곳에서 폭동이 일어나지 않을까 두렵습니다.

해손 폭동이라니! 매번 처형 때마다 나는 마을 사람들이 지극히 만족하는 것을 보아 왔소.

패리스 해손 판사님, 지금까지 교수형을 받았던 이들은 부류가 달랐습니다. 레베카 너스는 브리짓같이 혼전에 비숍과 삼 년간이나 동거해 온 여자가 아닙니다. 존 프록터는 술을 마셔서 집안을 망친 아이작 워드가 아니에요. (댄포스에게) 하느님께 맹세코 제 말은 확실합니다. 부지사님, 그러나 이 사람들은 아직도 마을에서 큰 비중을 차지하고 있습니다. 레베카가 교수대 위에 서서 자신이 정당하다는 기도를 올리게 하신다면, 부지사님께 대한 복수심을 불러일으키지 않을까 두렵습니다.

해손 부지사님, 그 여자는 마녀 선고를 받았습니다. 법정
      은…….

댄포스 (깊은 관심을 가지고 해손을 향해 한 손을 들어 보인다.) 제
       발 좀. (패리스에게) 그렇다면 당신의 제안은 무엇이오?

패리스 부지사님, 저라면 오늘의 교수형을 당분간 연기하겠
       습니다.

댄포스 연기는 있을 수 없소.

패리스 이제 헤일 목사가 되돌아왔으니, 희망이 있습니다. 왜
       냐하면 만약 헤일 목사가 이들 중의 단 한 명이라도
       하느님께 귀의시킨다면, 그자의 자백은 마을 사람들
       보기에 다른 죄인들을 확실히 파멸시킬 것입니다. 그
       렇게 되면 죄인들이 모두 지옥과 연결돼 있다는 것을
       더 이상 의심할 사람은 없게 될지도 모릅니다. 지금
       처럼, 자백을 하지 않고 무죄를 주장한다면 의혹은 증
       폭되고, 많은 정직한 사람들이 그들을 위해 울 것입니
       다. 그러면 우리의 선한 목적은 그 눈물 가운데 그 효
       력을 잃게 됩니다.

댄포스 (잠시 생각한 후 치버에게 가서) 명단을 내게 주시오.

(치버, 공문서 발송함을 열고 안을 뒤진다.)

패리스 부지사님, 제가 존 프록터를 파문시키기 위해서 회중
       을 소집했을 때 겨우 서른 명이 들으러 왔다는 사실을
       잊으셔서는 안 됩니다. 그건 불만의 표출일 겁니다. 그

리고…….

댄포스 (명단을 자세히 보면서) 연기는 있을 수 없소.

패리스 부지사님.

댄포스 자, 목사, 당신 생각에는 이중에서 누가 하느님께 귀의할 수 있을 것 같소? 내가 직접 해 뜰 때까지 그를 설득해 보겠소. (명단을 패리스에게 건넨다. 패리스는 명단을 단지 흘낏 볼 뿐이다.)

패리스 해 뜰 때까지는 시간이 충분치 않습니다.

댄포스 내 최선을 다해 볼 것이오. 이들 중 누가 희망이 있소?

패리스 (이제는 명단을 보지도 않은 채, 떨리는 목소리로 조용히) 부지사님, 단검이……. (말문이 막힌다.)

댄포스 무슨 말이오?

패리스 오늘 밤 제가 집을 나서려고 문을 열었을 때 단검이 덜컥 땅에 떨어졌습니다. (침묵. 댄포스, 이 말을 곰곰이 생각한다. 패리스는 큰 소리로 말한다.) 이자들을 교수형에 처해선 안 됩니다. 제가 위험합니다. 밤에는 감히 밖에 나갈 수도 없습니다! (헤일 목사가 들어온다. 잠시 모두 침묵 가운데 그를 바라본다. 헤일 목사는 깊은 슬픔에 잠겨 있고 지쳐 있으며 어느 때보다 직설적이다.)

댄포스 축하를 받아 주시오, 헤일 목사. 훌륭한 사명을 위해 다시 돌아온 것을 기쁘게 생각하오.

헤일 (댄포스에게 다가가면서) 저 사람들을 용서해야만 합니다. 저 사람들은 번복하지 않을 것입니다. (헤릭, 들어온다. 기다린다.)

댄포스 (달래듯이) 당신은 잘못 알고 있소, 목사. 똑같은 죄로 이미 열두 명이 교수형을 받았는데 이 사람들을 용서 해 줄 수는 없소. 그것은 정당치 않소.

패리스 (상심해서) 레베카는 자백하지 않는답니까?

헤일 몇 분 후면 해가 뜹니다. 부지사님, 저에게는 시간이 더 필요합니다.

댄포스 자, 내 말을 들어 보시오. 그리고 더 이상 자신들을 기 만하지 마시오. 나는 사면이나 연기에 대한 단 하나의 청원도 받아들이지 않겠소. 자백하지 않는 자들은 교 수형에 처하겠소. 열두 명이 이미 처형됐고, 이들 일 곱 명의 이름도 발표가 됐소. 마을 사람들은 이들이 오늘 아침 처형되는 것을 보리라 기대하고 있소. 지금 연기한다는 것은 내가 실수했다는 것을 시인하는 게 되오. 형 집행의 연기나 사면은 지금까지 죽은 자들의 죄에 의혹을 일으킬 것이오. 하느님의 법을 대행하는 이상, 나는 읍소한다 해서 하느님의 목소리를 억누르 지는 않겠소. 당신네들이 두려워하는 것이 보복이라 면, 이 사실을 알아 두시오. 나는 감히 법에 대항해서 반기를 드는 자들은 만 명이라도 교수형에 처하겠으 며, 짠 눈물이 바다를 이루어도 법의 결정을 녹일 수 는 없다는 것을. 자, 여러분들, 남자답게 가슴을 펴고 서 하느님에 대한 당신들의 의무대로, 나를 도와주시 오. 헤일 목사, 죄수들 모두와 말을 해 보았소?

헤일 프록터만 빼고는 모두 말해 보았습니다. 그는 지하 감옥에 있습니다.

댄포스 (헤릭에게) 지금 프록터의 상태는 어떻소?

헤릭 그는 마치 커다란 새처럼 앉아 있습니다. 이따금씩 음
식을 받는 것을 제외하고는 살아 있는지조차도 모를
지경입니다.

댄포스 (잠시 생각한 후) 그의 아내는…… 그의 아내는 지금은
배가 꽤 불렀겠지?

헤릭 그렇습니다, 부지사님.

댄포스 패리스 목사, 어떻게 생각하시오? 당신은 이 사람에
대해 더 잘 알고 있지 않소. 아내를 만나면 그가 누그
러질까?

패리스 부지사님, 그럴 겁니다. 그는 지난 3개월 동안 아내를
보지 못했습니다. 제가 그 아내를 불러오겠습니다.

댄포스 (헤릭에게) 그는 아직도 완강하오? 자네에게 다시 덤
벼든 적이 있소?

헤릭 그럴 수는 없습니다, 부지사님. 그는 지금 벽에 사슬
로 묶여 있으니까요.

댄포스 (그 말의 의미를 생각한 뒤) 프록터 부인을 내게 데려오
시오. 그러고 나서 프록터를 데려와요.

헤릭 네, 부지사님. (헤릭 나간다. 침묵이 흐른다.)

헤일 부지사님, 만약 부지사님께서 한 주를 연기하시고 마
을 사람들에게 죄인들의 고백을 얻기 위해 노력하고
있다는 것을 공포하신다면, 그것은 부지사님의 동요
를 나타내는 것이 아니라 자비심을 나타내는 게 될 겁

니다.

댄포스 헤일 목사, 하느님은 내게 여호수아같이 해가 뜨는 것을 멈추게 하는 힘을 주시지 않았기 때문에, 나는 그들이 처형되는 것을 보류할 수 없소.

헤일 (좀 더 강경하게) 하느님께서 부지사님에게 반란을 일으키도록 의도하시는 것으로 생각하신다면, 댄포스 부지사님, 그것은 잘못된 생각입니다!

댄포스 (즉각적으로) 마을에서 반란 얘기가 도는 걸 들었소?

헤일 부지사님, 고아들이 이 집 저 집 방황하고 있습니다. 버려진 소들이 큰길에서 울고 있고, 썩어 가는 곡식의 악취가 사방에서 진동합니다. 또한 언제 창녀들의 외침이 자신의 목숨을 앗아 갈지 아무도 모릅니다. 그런데 아직도 반란 얘기가 도는 것을 의심하십니까? 그들이 부지사님의 통치 지역을 불태우지 않는 것을 기적이라 생각하시는 편이 나을 겁니다!

댄포스 헤일 목사, 이달에 앤도버에서 설교를 했지요?

헤일 고맙게도 앤도버에서는 저를 필요로 하지 않았습니다.

댄포스 난 당신을 이해할 수 없소. 왜 이곳에 되돌아왔소?

헤일 왜냐고요, 간단합니다. 저는 악마의 일을 하러 온 것입니다. 기독교인들에게 자신을 속여야 한다는 충고를 하러 온 것입니다. (빈정거림은 완전히 사라진다.) 제 머리 위에 피가 있습니다! 제 머리 위의 피가 보이지 않으십니까?

패리스 쉿! (발자국 소리를 들었기 때문이다. 모두 문 쪽을 바라본다. 헤릭, 엘리자베스와 함께 들어온다. 그녀의 두 손목은 무거운 쇠사슬에 묶여 있다. 헤릭, 쇠사슬을 풀어 준다. 그녀의 옷은 지저분하다. 얼굴은 창백하고 수척하다. 헤릭, 나간다.)

댄포스 (아주 정중하게) 프록터 부인. (엘리자베스, 말이 없다.) 몸은 좀 어떠시오?

엘리자베스 (경고조로 상기시키며) 전 아직 6개월밖에 되지 않았습니다, 출산까지는.

댄포스 마음을 편히 가지시오. 당신의 목숨을 뺏으러 온 것은 아니오. 우리는…… (어떻게 간청해야 할지 확신이 서지 않는다. 이런 일에 익숙하지 않기 때문이다.) 헤일 목사, 당신이 이 부인과 이야기를 해 보시겠소?

헤일 프록터 부인, 당신 남편은 오늘 아침에 교수형에 처해지게 됐소. (대화가 중단된다.)

엘리자베스 (조용히) 그 말을 들었습니다.

헤일 당신은 알고 있지요, 그렇지요, 내가 이 법정과는 아무런 관계가 없다는 것을? (그녀는 그 말을 의심하는 듯 보인다.) 프록터 부인, 난 나 자신의 의사로 온 것이오. 나는 당신 남편의 목숨을 구하고 싶어요. 왜냐하면 만약 그가 죽게 된다면, 난 내가 그를 죽인 걸로 생각하게 될 것이기 때문이오. 날 이해하시겠소?

엘리자베스 제게 무엇을 원하시는 거죠?

헤일 프록터 부인, 우리 주님께서 황야로 나가신 것같이 나도 지난 석 달간 방황했어요. 나는 기독교인으로서 길

을 찾았던 것이오. 왜냐하면 거짓말을 하라고 충고하
는 목사에게는 저주가 배로 내리기 때문이오.

해손   거짓말이 아니오, 거짓말이라고 말할 수 없소.

헤일   거짓말이오! 그들은 죄가 없소!

댄포스   그런 말은 더 이상 듣지 않겠소!

헤일   (엘리자베스를 향해 계속한다.) 내가 내 의무를 착각한
것처럼 당신도 당신 의무를 잘못 알지는 말아야 하오.
나는 신부에게 오는 신랑처럼 숭고한 믿음의 선물을
가지고 이 마을에 왔어요. 바로 신성한 율법의 관을
가지고 왔던 거요. 그러나 내 빛나는 확신을 가지고서
내가 손을 댄 것은, 그것은 죽어 버렸소. 그리고 내 크
나큰 신앙의 시선이 닿은 곳에선 피가 솟았소. 조심하
세요, 프록터 부인. 신앙이 피를 부를 때는 거기 매달
리면 안 됩니다. 당신을 희생으로 인도하는 법은 잘못
된 법이란 말이오. 생명은, 부인, 생명은 하느님의 가
장 값진 선물이오. 어떠한 원칙도, 제아무리 영광된
것이라 할지라도, 생명을 앗아 가는 것을 정당화할 수
있는 원칙은 없어요. 부인, 당신 남편이 자백을 하도
록 설득해 줄 것을 이렇게 빕니다. 남편더러 거짓말을
하도록 해요. 거짓말을 한다 해서 하느님의 심판을 받
는 것을 두려워하지 마시오. 자만심으로 자신의 생명
을 던져 버리는 자보다는 거짓말하는 자를 하느님께
서는 덜 저주하실 것이기 때문이오. 남편에게 애원해
보겠소? 당신 남편이 다른 누구의 말을 들으리라고는

생각할 수가 없군요.

엘리자베스 (조용히) 그 말씀은 악마의 주장 같네요.

헤일 (극도의 절망에 빠져) 부인, 하느님의 법 앞에서 우리 모두는 돼지와 같소! 우리는 하느님의 뜻을 읽을 수 없어요!

엘리자베스 저는 목사님과는 논쟁할 수 없습니다. 제게는 논쟁할 만한 지식이 없어요.

댄포스 (엘리자베스에게 다가가며) 프록터 부인, 당신은 논쟁을 위해 여기 불려 온 게 아니오. 당신 안에는 아내다운 부드러움도 없소? 해가 뜨면 그 사람은 죽을 거요, 당신 남편 말이오. 그걸 압니까? (엘리자베스는 다만 댄포스를 바라볼 뿐이다.) 어쩌겠소? 남편을 설득해 보겠소? (엘리자베스, 침묵을 지킨다.) 당신은 목석인가? 내, 진실을 말하리다. 당신의 비인도적인 삶에 대해 다른 증거가 없다 해도, 그 메마른 두 눈이 당신 영혼을 지옥에 팔아 버린 데 대한 충분한 증거가 될 거요! 원숭이라도 이런 재난 가운데에서는 눈물을 흘릴 거요! 악마가 당신 안에서 연민의 눈물을 말려 버렸던 말인가? (엘리자베스, 아무런 말도 하지 않는다.) 이 여자를 데려가. 이 여자가 남편에게 이야기한다 해도 아무 소득도 없을 거야!

엘리자베스 (조용히) 제 남편과 얘기하게 해 주십시오, 부지사님.

패리스 (희망을 갖고) 남편을 설득해 보겠소? (엘리자베스, 망설인다.)

댄포스　남편이 자백하도록 간청해 보겠소, 아니면 시도하지
　　　　　않을 거요?

엘리자베스　전 아무런 약속도 할 수 없습니다. 남편과 이야기
　　　　　하도록 해 주십시오.

(소리. 돌 위로 발이 끌리며 나는 마찰음. 모두 돌아본다. 잠시 침묵.
헤릭이 존 프록터를 데리고 들어온다. 그의 두 손목은 쇠사슬에 묶여
있다. 그는 딴 사람이 되어 있다. 턱수염이 자라 있고, 지저분하며,
두 눈은 거미줄이 친 듯 희뿌옇다. 그는 문 안쪽으로 들어와 걸음을
멈춘다. 엘리자베스의 모습을 보았기 때문이다. 둘 사이의 감정이 끓
어올라 아무도 잠시 말을 할 수 없다. 눈에 띄게 감동받은 헤일이 댄
포스에게 가서 조용히 말한다.)

헤일　부탁입니다, 부지사님. 두 사람만 있게 합시다.

댄포스　(성급하게 헤일을 옆으로 밀어내며) 프록터 씨, 당신은 통
　　　　　고를 받았지요, 그렇지요? (프록터, 엘리자베스를 쳐다보
　　　　　며 말이 없다.) 날이 밝아 오고 있소. 아내와 의논을 하
　　　　　도록 하시오. 하느님께서 당신이 지옥에 등을 돌리도
　　　　　록 도우시길 바라오. (프록터, 엘리자베스에 시선을 고정
　　　　　시킨 채 말이 없다.)

헤일　(조용히) 부지사님, 저…….

(댄포스, 헤일을 밀치고 걸어 나간다. 헤일, 뒤따른다. 치버, 일어나
서 따라 나간다. 그 뒤로 해손과 헤릭도 나간다. 패리스, 안전한 거리

에서 말한다.)

패리스   프록터 씨, 사과주를 들고 싶으면, 내가……. (프록터,
그에게 얼음장 같은 시선을 보낸다. 그러자 패리스, 말을 멈
춘다. 패리스, 프록터를 향해 손바닥을 들어올린다.) 이제
는 하느님께서 당신을 인도하실 거요. (패리스 나간다.)

(둘만 남자, 프록터는 엘리자베스에게로 걸어가다가 걸음을 멈춘다.
두 사람은 마치 어지럽게 빙글빙글 도는 세상 가운데 서 있는 듯하
다. 그것은 슬픔 저 너머, 슬픔을 초월한 세계다. 프록터는 실제로 믿
기지 않는 형체에게 향하듯 손을 뻗는다. 그리고 엘리자베스에게 손
이 닿자 반쯤 웃음 같고, 반쯤 놀라움 같은, 묘하게 부드러운 소리가
목에서 나온다. 그는 아내의 손을 어루만진다. 엘리자베스는 남편의
손을 두 손으로 감싼다. 그때 프록터, 힘없이 자리에 앉는다. 엘리자
베스도 남편을 마주 보며 앉는다.)

프록터   아기는?
엘리자베스 자라고 있어요.
프록터   애들 소식은 못 들었소?
엘리자베스 잘 있어요. 레베카네 새뮤얼이 돌보고 있어요.
프록터   애들을 보지는 못했지?
엘리자베스 못 봤어요. (자신이 동요하는 것을 깨닫고 억제한다.)
프록터   엘리자베스, 당신은…… 놀랍소.
엘리자베스 당신은…… 고문을 받으셨지요?

프록터 그렇소. (잠시 중단. 엘리자베스는 자신을 위협하는 감정
        의 격류에 휘말리지 않으려 한다.) 저자들은 지금 내 목
        숨을 뺏으러 왔어.
엘리자베스 알고 있어요.

(잠시 대화가 멈춘다)

프록터 아직 아무도 자백하지 않았소?
엘리자베스 많이들 자백했어요.
프록터 누가?
엘리자베스 백 명 또는 그 이상이라고들 해요. 발라드 부인도
        그중 하나고, 아이재이어 굿카인드도 끼었어요. 많이
        들 있어요.
프록터 레베카도?
엘리자베스 레베카는 아니에요. 그이는 이제 한 발을 천국에
        디디고 있어요. 아무것도 그이를 더 이상은 괴롭힐 수
        없을 거예요.
프록터 그리고 자일스는?
엘리자베스 당신은 그 이야기를 못 들으셨나요?
프록터 내가 갇혀 있는 곳에선 아무것도 듣지 못하오.
엘리자베스 그 사람은 죽었어요.

(프록터, 믿을 수 없다는 듯 아내를 쳐다본다.)

프록터 언제 교수형을 당했소?

엘리자베스 (조용히, 담담하게) 교수형을 당하지는 않았어요. 그
　　　　 사람은 고소장에 대해서 시인도 부인도 하지 않았어
　　　　 요. 왜냐하면 만약 부인한다면 그 사람을 틀림없이 교
　　　　 수형에 처할 것이고, 그리고 그의 재산은 경매됐을 테
　　　　 니까요. 그래서 그 사람은 말없이 버텼어요. 그리고
　　　　 법 앞에 기독교인으로서 죽었어요. 그래서 자식들이
　　　　 그의 농장을 상속받게 됐어요. 그게 법이에요. 왜냐하
　　　　 면 고소장에 대해서 시인도 부인도 하지 않으면 그는
　　　　 마법으로 처형될 수가 없기 때문이에요.

프록터 그럼 어떻게 죽었소?

엘리자베스 (조용히) 그들이 그를 눌러 버렸어요, 존.

프록터 눌러 버렸다니?

엘리자베스 그가 시인하거나 부인할 때까지 그 사람들은 커다
　　　　 란 돌들을 그의 가슴 위에 올려놓았어요. (노인을 생각
　　　　 하며 부드러운 미소를 띠고) 그 노인이 한 말은 두 단어
　　　　 뿐이었대요. "더 무겁게."라고요. 그러고선 죽었어요.

프록터 (그의 고뇌를 엮은 한 가닥 실에 꿰여 굳어 버렸다.) "더 무
　　　　 겁게."라.

엘리자베스 네, 자일스 코리, 그분은 참 대단한 분이었어요.

(대화가 중단된다.)

프록터 (굳은 의지력으로, 그러나 아내의 얼굴은 외면하고서) 엘

리자베스, 난 자백할 것을 죽 생각해 왔소. (엘리자베스, 아무런 내색도 없다.) 어떻게 생각하오? 만약 내가 자백한다면.

엘리자베스 존, 저는 당신을 심판할 수 없어요.

(대화가 중단된다.)

프록터 (단순히, 순수한 질문조로) 당신은 내가 어떻게 하면 좋겠소?

엘리자베스 당신 뜻대로 하세요. (잠시 말을 멈춘다.) 저는 당신이 살기를 원해요. 그 점은 분명해요.

프록터 (입을 다문다. 그런 다음 희망이 솟구치며) 자일스 부인은? 그분은 자백을 했소?

엘리자베스 그 부인은 자백하지 않을 거예요.

(대화가 중단된다.)

프록터 그것은 허세야, 엘리자베스.

엘리자베스 뭐가요?

프록터 난 성자처럼 교수대에 올라갈 수가 없소. 그것은 기만이야. 난 그런 사람이 아니야. (엘리자베스, 말이 없다.) 나의 정직함은 깨졌어, 엘리자베스, 나는 선한 인간이 아니오. 막 썩기 시작했을 뿐인 이딴 거짓말을 저들한테 좀 한다고 해서 더 더럽혀질 건 아무것도 없소.

엘리자베스 하지만 당신은 지금까지 자백하지 않았어요. 그것
          이 당신 속에 선함이 있다는 증거예요.

프록터   오로지 앙심 때문에 침묵을 지켰을 뿐이야. 걔들에게
        거짓말을 한다는 것은 어려운 일이거든. (잠시 중단한
        다. 처음으로 똑바로 아내를 쳐다본다.) 엘리자베스, 당신
        의 용서를 받고 싶소.

엘리자베스 용서를 하는 것은 제가 아니에요, 존. 저는…….

프록터   내 영혼 속에 얼마간의 정직함이 있다는 것을 당신이
        알아줬으면 하오. 단 한 번도 거짓말을 하지 않는 자
        들은 영혼을 지키기 위해 죽도록 내버려 둡시다. 내
        경우에는 허세요. 하느님을 속일 수도 없고 내 자식
        들을 바람으로부터 보호할 수도 없는 허영심 말이오.
        (잠시 멈춘다.) 당신 생각은 어떠하오?

엘리자베스 (곧 터질 것같이 솟구치는 흐느낌 가운데) 존, 당신이
          스스로를 용서하지 않는다면, 제가 당신을 용서해야
          만 하는 일은 아무런 의미가 없어요. (프록터, 조금 몸
          을 돌린다. 대단히 괴로워하면서.) 여보, 그건 제 영혼이
          아니라, 당신 영혼이에요. (프록터, 일어선다. 육체적 고
          통이 느껴지는 양, 자신의 해답을 찾으려는 중요하며 영속
          적인 갈망을 품고 천천히 일어난다. 무엇이라고는 말하기
          어렵다. 엘리자베스는 금세라도 눈물을 흘릴 것만 같다.)
          단지 이것만은 확신을 가지세요. 저는 지금 깨달았어
          요. 당신이 무슨 일을 하시든, 그건 훌륭한 사람의 행
          위라는 사실이에요. (프록터, 의혹에 찬, 무언가를 탐색

하는 듯한 시선을 아내에게 보낸다.) 여보, 저는 지난 석
달 동안 저의 마음을 반성해 보았어요. (잠시 멈춘다.)
제게도 잘못이 있었어요. 간통을 부추기는 데에는 냉
담한 아내가 있기 마련이에요.

프록터　(대단히 고통스러워하며) 그만, 그만해.

엘리자베스　(마음을 모두 털어놓으며) 저를 좀 더 이해하셔야만
해요!

프록터　더 듣지 않겠어! 난 당신을 알아!

엘리자베스　당신은 저의 죄까지 떠맡으셨어요, 존…….

프록터　(고통 속에서) 아니야, 내 죄만을 받는 거야, 내 죄만을!

엘리자베스　여보, 저는 제가 너무 평범하고 허약한 체질이어서
진정한 사랑을 받을 수 있으리라고는 생각하지 못했어
요! 제가 당신에게 키스를 할 때도 의심이 앞섰던 거
예요. 사랑을 나타내는 법을 저는 전혀 모르고 있었어
요. 제가 꾸민 가정은 냉랭한 곳이었어요! (해손이 들
어오자, 엘리자베스, 놀라서 몸을 돌린다.)

해손　어떻게 하겠소 프록터? 해가 곧 뜰 텐데.

(프록터, 가슴을 헐떡이며, 앞을 응시한 후 엘리자베스에게로 돌아
선다. 탄원하듯 엘리자베스, 남편 곁으로 다가온다. 그녀의 목소리가
떨린다.)

엘리자베스　당신 뜻대로 하세요. 하지만 그 누구도 당신의 심
판자가 되게 하지는 마세요. 하늘 아래 프록터보다 더

높은 심판관은 없어요! 저를 용서해 주세요, 용서해 주세요, 여보. 이 세상에 그 같은 선함이 있는 줄 정말 몰랐어요! (엘리자베스, 얼굴을 가리고 운다. 프록터, 아내로부터 돌아서서 해손을 향한다. 이미 지상을 벗어난 것만 같은 인상에 목소리는 공허하다.)

프록터 나는 살고 싶소.

해손 (충격을 받고, 놀라서) 자백하려고요?

프록터 난 살겠소.

해손 (신비에 찬 어조로) 하느님을 찬미하라! 하느님의 섭리로구나! (문밖으로 뛰쳐나간다. 복도에서 외치는 그의 소리가 들린다.) 그가 자백한다! 프록터가 자백한다!

프록터 (문 쪽으로 성큼 걸어가며 외친다.) 왜 고함을 지르는 거지? (몹시 고통스러워하며 아내에게로 돌아선다.) 이건 죄악이야, 그렇지? 이건 죄악이라고.

엘리자베스 (공포에 떨며 운다.) 존, 저는 당신을 심판할 수 없어요. 저는 못 해요!

프록터 그럼 누가 날 심판하겠소? (갑자기 두 손을 움켜쥐고) 하늘에 계신 하느님, 존 프록터는 어떤 인간입니까? (마치 짐승처럼 움직인다. 그리고 격심한 분노에 사로잡혀 애타게 찾는다.) 나는 내 행위가 정당하다고 생각해. 나는 그렇게 생각해. 나는 성자가 아니야. (마치 아내가 자기 말을 부정이라도 한 듯, 프록터, 아내에게 화를 내며 외친다.) 레베카나 성자처럼 죽으라고 해. 내게 그건 기만일 뿐이야!

(복도에서 흥분을 억제하며 여럿이 함께 말하는 목소리들이 들린다.)

엘리자베스 저는 당신의 심판관이 아니에요. 그럴 수가 없어
요. (마치 남편을 풀어주듯이) 당신 뜻대로 하세요, 당신
뜻대로 하세요!

프록터 당신이라면 저들에게 이런 거짓말을 하겠소? 말해 봐
요. 당신 같으면 저들에게 거짓말을 하겠소? (엘리자
베스, 대답하지 못한다.) 당신은 못 할 거요. 부젓가락으
로 지진다 해도 당신은 그러지 않을 거요! 이건 죄악
이야. 좋아, 그렇다면, 이건 죄악이야. 그래서 나는 이
걸 저지른다!

(해손, 댄포스와 함께 들어선다. 그들과 함께 치버, 패리스, 헤일도
들어온다. 마치 문제를 풀 실마리를 찾은 듯 사무적이고 신속하다.)

댄포스 (크게 안심하고 감사하며) 하느님을 찬양하시오. 프록
터, 하느님을 찬양하시오. 이 일로 당신은 천국에서
축복을 받을 거요. (치버, 펜과 잉크와 종이를 가지고 서
둘러 벤치로 간다. 프록터, 그를 지켜본다.) 자, 이제 시작
합시다. 치버 씨, 준비됐소?

프록터 (그들의 민첩한 행동에 차디찬 공포를 느끼며) 어째서 기
록을 해야만 합니까?

댄포스 왜라니, 마을 사람들에게 좋은 교훈을 주기 위해서요, 프록터. 이것을 우리는 교회 문에다 게시할 것이오! (패리스를 향해 다급하게) 서장은 어디 있소?

패리스 (문으로 달려가 복도에다 대고 소리친다.) 서장님! 빨리 오시오!

댄포스 자, 그럼, 프록터, 천천히 요점만 말해 주겠소. 치버 씨를 위해서. (댄포스의 발언은 지금 기록되고 있다. 실제로 치버에게 말을 받아쓰게 하고 있다.) 프록터, 당신은 지금까지 악마를 본 적이 있소? (프록터, 입을 꽉 다물고 있다.) 자, 어서, 동이 트고 있소. 교수대에서 마을 사람들이 기다리고 있소. 나는 이 소식을 공포해야만 하오. 악마를 본 적이 있소?

프록터 보았습니다.

패리스 하느님께 찬양을!

댄포스 악마가 당신에게 왔을 때 무엇을 명령했소? (프록터, 잠자코 있다. 댄포스가 거들어 준다.) 악마가 당신에게 이 지상에서 그의 일을 하라고 명령했소?

프록터 그렇습니다.

댄포스 그래, 당신은 악마에게 봉사한다는 약속을 했고? (헤릭의 부축을 받으며 레베카 너스가 들어오자 댄포스, 몸을 돌린다. 레베카는 겨우 걸음을 옮길 수 있다.) 들어오시오, 들어와요, 레베카.

레베카 (프록터를 보자 얼굴이 밝아진다.) 아, 존! 자네는 건강하군, 그렇지?

(프록터, 얼굴을 벽 쪽으로 돌린다.)

댄포스 용기를 내요, 프록터 씨, 용기를……. 저 부인이 하느님
        에게 돌아갈 수 있도록 당신이 훌륭한 본보기를 보여
        주시오. 너스 부인, 자, 들어 보시오! 프록터 씨, 말해
        보시오. 당신은 악마에게 봉사한다는 맹세를 했지요?

레베카 (깜짝 놀라서) 뭐라고, 존!

프록터 (얼굴을 레베카에게서 돌린 채로, 목소리를 낮춰서) 그렇
        습니다.

댄포스 자, 부인, 이제 더 이상 음모를 숨겨 보았자 아무 이득
        이 없다는 것을 분명히 보았겠지요. 당신도 저 사람같
        이 자백하겠소?

레베카 오, 존……. 당신에게 하느님의 자비가 내리시길!

댄포스 자아, 너스 부인, 그대도 자백하겠소?

레베카 아니오, 그것은 거짓말이에요, 거짓말. 어떻게 나 자신
        을 저주할 수 있겠어요? 난 할 수 없어요, 할 수 없어.

댄포스 프록터 씨, 악마가 당신에게 왔을 때 레베카 너스가
        그와 함께 있는 것을 보았소? (프록터, 침묵을 지킨다.)
        자, 이보게, 용기를 내시오. 레베카와 악마가 함께 있
        는 것을 본 적이 있소?

프록터 (들릴 듯 말듯) 아니오.

(댄포스, 일이 어렵게 될 것을 감지하고, 프록터를 흘낏 본 후 테이블
로 가서 사형수의 명단이 적힌 종이를 집어 든다.)

댄포스   레베카의 동생 메리 이스티가 악마와 함께 있는 것을
        보았소?

프록터   아니오, 보지 못했습니다.

댄포스   (시선을 프록터에게 집중시키며) 마사 코리가 악마와 함
        께 있는 것을 보았소?

프록터   보지 못했습니다.

댄포스   (알아챈 듯, 천천히 종이를 내려놓으며) 당신은 누가 악
        마와 함께 있는 것을 본 적이 있소?

프록터   없습니다.

댄포스   프록터 씨, 당신은 나를 잘못 생각하고 있군. 내게는
        거짓말과 그대 목숨을 바꿀 권한이 없소. 당신은 누군
        가가 악마와 함께 있는 것을 분명히 보았을 거요. (프
        록터, 침묵을 지킨다.) 프록터 씨, 벌써 스무 명이나 되
        는 사람들이 이 부인이 악마와 함께 있는 걸 보았다고
        증언을 했소.

프록터   그렇다면 증명이 됐군요. 왜 제가 증언해야만 합니까?

댄포스   왜 '해야만' 하느냐고! 왜라니, 당신 영혼이 지옥에 대
        한 사랑을 진정으로 깨끗이 씻어 버린다면 당신은 그
        것을 말한 것을 기뻐해야만 하니까!

프록터   그들은 성자처럼 가려고 합니다. 저는 그들의 이름을
        더럽히고 싶지 않습니다.

댄포스   (믿을 수 없다는 듯 묻는다.) 프록터, 당신은 저들이 성
        자같이 죽으리라고 생각하는가?

프록터   (회피하며) 이 부인은 자신이 결코 악마의 일을 했다

고는 생각지 않습니다.

댄포스 　잘 들어요, 프록터. 바로 여기서 당신이 자기 의무를 잘못 알고 있다는 거요. 레베카가 어떻게 생각하는지는 문제가 되질 않아. 레베카는 부도덕한 영아 살해죄로 유죄 판결을 받았고, 당신은 메리 워렌에게 혼령을 보낸 죄로 유죄 판결을 받았소. 여기서 문제는 오직 당신의 영혼뿐이오. 프록터, 당신 영혼의 결백을 증명하지 않으면 기독교 국가에서 살아갈 수 없소. 이제 누가 당신과 함께 악마를 위해 음모를 꾸몄는지 말하겠소? (프록터, 말이 없다.) 당신이 알기로는 레베카 너스가 지금까지…….

프록터 　저는 저 자신의 죄만을 말할 따름입니다. 저는 다른 사람을 심판할 수 없습니다. (증오심을 품고 외친다.) 그런 것은 말할 수 없습니다.

헤일 　(재빨리 댄포스에게) 부지사님, 그가 스스로 고백한 것만으로 충분합니다. 서명하게 하십시오, 서명하게 하세요.

패리스 　(열렬히) 이건 큰일을 이룬 겁니다. 비중이 큰 이름입니다. 프록터가 자백했다는 건 마을 사람들을 놀라게 할 겁니다. 청컨대, 서명을 하게 하십시오. 해가 떠올랐습니다, 부지사님!

댄포스 　(생각을 한 뒤 불만스럽게) 자, 그러면, 그대 증언에 서명하시오. (치버에게) 그걸 프록터에게 주시오. (치버, 자백서와 펜을 들고 프록터에게 간다. 프록터, 그것을 쳐다보지 않는다.) 자, 프록터, 서명하시오.

프록터 (자백서를 일별한 뒤) 여러분 모두가 목격했습니다. 그
걸로 충분합니다.

댄포스 서명하지 않을 거요?

프록터 여러분 모두가 목격했습니다. 더 이상 무엇이 필요합
니까?

댄포스 당신은 나를 놀리는 건가? 서명을 않는다면 이것은
자백서가 아니야, 프록터! (고통스러운 숨으로 헐떡이면
서, 프록터, 자백서를 내려놓고 이름을 쓴다.)

패리스 하느님을 찬양할지어다! (프록터가 막 서명을 마치자 댄
포스가 자백서를 집으려고 손을 내민다. 그러나 프록터 그
것을 낚아챈다. 미친 듯한 공포와 끝없는 분노가 프록터의
내면에서 솟아오른다.)

댄포스 (당황하지만 정중하게 손을 내민다.) 제발, 프록터.

프록터 싫습니다.

댄포스 (마치 프록터가 이해하지 못했다는 듯) 프록터, 난 반드
시 그것을…….

프록터 아니, 안 됩니다. 나는 서명을 했습니다. 부지사님은
내가 서명하는 것을 보았습니다. 이것으로 됐습니다!
부지사님께는 이것이 필요없습니다.

패리스 프록터 씨, 마을 사람들에게는 증거가 필요하오…….

프록터 빌어먹을 마을 사람들! 나는 하느님께 고백했고, 그
리고 하느님께선 여기 내 이름을 보셨소! 이것으로
충분합니다!

댄포스 아니오, 프록터. 그것은…….

프록터 당신은 내 영혼을 구하러 오셨습니다. 그렇지 않습니까? 자! 난 고백을 했습니다. 이것으로 충분합니다!

댄포스 당신은 고백한 것이 아니…….

프록터 나는 고백했습니다! 공개하지 않으면 진정한 참회가 아닙니까? 하느님께선 내 이름이 교회 문에 게시되는 것을 요구하지 않으십니다! 하느님께선 내 이름을 보십니다. 하느님께선 내 죄가 얼마나 흉악한지 알고 계십니다. 이것으로 충분합니다!

댄포스 프록터.

프록터 당신은 나를 이용할 수 없습니다! 나는 세라 굿이나 티투바가 아닙니다. 나는 존 프록터입니다! 나를 이용할 순 없어요. 나를 이용하는 것은 구원과는 관계가 없는 문제입니다!

댄포스 그런 것이 아니오.

프록터 내게는 세 아이가 있습니다. 내가 내 친구들을 팔고 나서, 어떻게 아이들더러 사람답게 세상을 살아가라고 가르칠 수 있겠습니까?

댄포스 당신이 친구들을 파는 것은 아니오.

프록터 날 속이지 마시오! 내 친구들이 침묵의 대가로 교수형을 당하는 바로 그날 내 자백서가 교회 문에 못질되면 난 그들 모두를 더럽히는 것입니다!

댄포스 프록터, 난 올바른 합법적 증거가 있어야만 하오. 당신이…….

프록터　부지사님께서는 최고 재판관이십니다. 부지사님의
　　　　말이면 충분합니다! 그들에게 내가 자백했다고 말하
　　　　십시오. 프록터가 무릎을 꿇고서 여자처럼 울었다고
　　　　전하십시오. 무엇이든 원하시는 대로 말하십시오, 그
　　　　러나 내 이름만은 결코……．

댄포스　(의심스러워하며) 그건 같은 것이오, 그렇지 않소? 내
　　　　가 보고를 하거나 당신이 서명을 하거나.

프록터　(그는 이게 미친 짓이라는 걸 안다.) 아뇨, 그건 같지 않
　　　　습니다! 남들이 말하는 것과 내가 서명하는 것은 같
　　　　지 않습니다!

댄포스　어째서? 석방된 후에는 이 고백을 부인하겠다는 뜻
　　　　이오?

프록터　아무것도 부인하지 않습니다!

댄포스　그렇다면, 내게 설명을 해 보시오. 프록터, 왜 당신이
　　　　거부하는지……．

프록터　(온 영혼을 다하여 외친다.) 그것이 내 이름이기 때문입
　　　　니다! 내 평생 또 다른 이름은 가질 수 없기 때문입니
　　　　다! 나는 거짓말을 했고 거짓말에 서명을 했기 때문
　　　　입니다! 나는 교수형을 당한 이들의 발바닥 먼지만큼
　　　　도 가치가 없기 때문입니다! 내 이름이 없이 어떻게
　　　　살아갈 수가 있겠습니까? 난 당신에게 내 영혼을 주
　　　　었습니다. 내 이름만은 나에게 남겨 주십시오!

댄포스　(프록터 손에 들린 자백서를 가리키면서) 그 서류는 거짓
　　　　말이오? 만약 거짓말이라면 난 그것을 받아들일 수

없소! 뭐라고 말하겠소? 나는 거짓말에는 관여하지 않겠소! 프록터! (프록터, 꼼짝 않고 있다.) 그대의 정직한 자백서를 내 손에 넘겨주지 않으면 나는 그대가 교수형에 처해지는 걸 막을 수 없소. (프록터, 대답하지 않는다.) 어느 쪽을 택하겠소, 프록터?

(씨근거리고, 눈은 앞을 응시하면서 프록터, 자백서를 찢고서 구겨 뭉쳐 버린다. 그러고 나서 분노에 차 운다. 그러나 몸은 당당히 펴고 선 채다.)

댄포스   보안관!

패리스   (몹시 흥분해서, 마치 찢어진 자백서가 자기 생명이라도 되는 듯이) 프록터, 프록터!

헤일   프록터, 교수형에 처해질 거요! 그럴 순 없어요!

프록터   (눈에 눈물이 가득 찬 채) 난 할 수 있습니다. 내가 할 수 있다는 것이 첫 번째 기적입니다. 당신의 마법이 지금 이뤄졌소. 왜냐하면 나는 이제 존 프록터 속에 몇 조각의 선함이 존재한다는 것을 보게 되었기 때문입니다. 깃발을 짤 수 있을 만큼은 아니지만, 저 개들로부터 선함을 지킬 수 있을 만큼 충분히 하얗습니다. (엘리자베스, 왈칵 공포에 사로잡혀 남편에게 달려가 손을 잡고 운다.) 저들에게 눈물을 보이지 마오! 눈물은 저들을 기쁘게 해 주는 거요! 자, 자존심을 보여 줍시다. 돌같이 차가운 마음을 보여 줍시다. 그것으로 저들을 침몰시킵시다! (프록터, 아내를 일으켜 세운 후 열렬히 키스한다.)

레베카 아무것도 두려워하지 마세요! 또 다른 심판이 우리 모두를 기다리고 있어요!

댄포스 저자들을 마을 높이 목매달아라! 이들을 위해 우는 자는, 타락을 애도하는 것이다!

(댄포스, 이들 곁을 지나 급히 나간다. 헤릭, 레베카를 데리고 나가려 한다. 레베카는 거의 쓰러질 것만 같다. 그러나 프록터가 레베카를 부축한다. 레베카, 사과하듯 프록터를 올려다본다.)

레베카 난 아침을 먹지 못했어.

헤릭 자, 갑시다.

(헤릭, 이들을 호송해 나간다. 해손과 치버, 그들 뒤를 따른다. 엘리자베스, 아무도 없는 문간을 응시하며 서 있다.)

패리스 (공포에 질려서, 엘리자베스에게) 남편에게 가 보시오, 프록터 부인! 아직도 시간이 있어요!

(밖에서 북 치는 소리가 공기를 진동시킨다. 패리스, 깜짝 놀란다. 엘리자베스, 창문 쪽으로 몸을 홱 돌린다.)

패리스 남편에게 가 보시오! (문밖으로 달려 나간다. 마치 자신의 운명을 붙들려는 듯하다.) 프록터! 프록터!

(다시, 북소리가 짧게 터져 나온다.)

헤일   부인, 남편에게 간청하세요! (문밖으로 달려 나가려다
       가 엘리자베스에게 되돌아온다.) 부인! 그건 자만이요,
       허영입니다. (엘리자베스, 그의 시선을 피한다. 그리고 창
       가로 걸어간다. 헤일, 무릎을 꿇는다.) 그를 도와줘요! 그
       가 피를 흘린들 무슨 소용이 있겠소? 흙먼지가 그를
       찬양할까요? 구더기가 그의 진실을 증언할까요? 남
       편에게 가세요. 그의 수치심을 없애 주세요!
엘리자베스 (쓰러지려는 것을 추스르면서 창살을 잡고 외친다.) 남
       편은 지금 자신의 선을 찾았습니다. 제가 그걸 그분에
       게서 빼앗는 건 하느님께서 금하실 거예요!

(마지막 북소리가 크게 울린 뒤 격렬하게 고조된다. 헤일 미친 듯 기
도하며 운다. 새 아침의 햇살이 엘리자베스의 얼굴 위로 쏟아진다.
아침 공기 속에서 북소리는 뼈다귀처럼 덜그럭거린다.)

    막이 내린다.

복도에서 들리는 메아리

    광적인 열기가 사라진 후 얼마 되지 않아, 패리스는 투표에 의해 목사직에서 물러나 길을 떠났으며, 다시는 그에 대한 이야기가 들리지 않았다.

    전하는 바에 따르면 애비게일은 후에 보스턴에서 창녀가 되어 나타났다고 한다.

    마지막 처형이 있은 후 이십 년이 지나서, 정부는 생존해 있는 희생자들과 죽은 자의 유족들에게 손해 배상을 해 주었다. 그렇지만 일부 사람들은 아직까지도 자신들의 죄를 전적으로 인정하려 들지 않는다는 것이 분명했으며, 또한 일부 혜택을 받은 사람들이 실제로는 희생자가 아니라, 고발자였기 때문에 파벌주의가 남아 있다는 것 역시 분명했다.

    엘리자베스 프록터는 남편이 죽은 후 사 년이 지나서 재혼했다.

엄숙한 집회에서 회중들은 파문을 취소했다. 1712년 3월의 일이었다. 그러나 그들은 그저 정부의 명령에 따라서 그렇게 했던 것이다. 배심원들은 하지만 고통을 받은 모든 이들의 용서를 비는 성명서를 냈다.

희생자들의 소유였던 몇몇 농장들은 버려진 채였으며, 한 세기가 지나도록 그 누구도 농장들을 사려거나 거기서 살려 하지 않았다.

사실상, 매사추세츠에서 종교 정치의 권위는 몰락했다.

부록

숲 속에서 애비게일과 존 프록터가 만나는 다음의 장면은 원래 『시련』 원고 중에 포함되었다. 아마도 이 장면은 애비게일의 마음속에 있는 모호함을 보다 분명하게 해 줄 것이다. 이 시점에서 애비게일은 사실상 자기 행동의 의미는 깨닫지 못한 채 사랑을 위해 살인을 할 수가 있게 됐다. 그러나 동시에 그녀의 마음 한구석에서 그녀가 정말로 살인 행위를 하려는 것을 꽤 분명하게 알 수 있다. 극의 템포를 빗나가게 하는 것으로 생각되어 이 장면은 제외했다. 그리고 극 전체의 인상을 통해서 이 장면의 내용은 아마도 실제로 드러내지 않고서도 전달될 것이다. 하지만 나는 또한 극의 템포를 방해하지 않고서도 이 장면을 연출할 길이 있지 않나 하는 생각을 막을 수 없다. 그럴 경우 이 장면은 애비게일의 위기와 이야기의 전개를 증대시킬 것이다.

2막 2장

숲 속. 한밤중.

프록터, 랜턴을 들고 나타난다. 그의 뒤로 불빛이 비친다. 걸음을 멈추고서 랜턴을 쳐든다. 애비게일이 잠옷 위에 숄을 걸치고 나타난다. 그녀는 머리를 풀고 있다. 미심쩍은 침묵의 한순간이 지난다.

프록터   (유심히 살펴보며) 애비게일, 너와 꼭 해야 할 말이 있다. (애비게일, 꼼짝도 하지 않고 그를 응시한다.) 앉지 않겠니?

애비게일 어떻게 오셨나요?

프록터 호의를 품고 왔단다.

애비게일 (주위를 슬쩍 돌아보며) 밤에는 숲이 싫어요. 제발, 가까이 와 주세요. (프록터, 그녀에게 좀 더 가까이 간다.)

틀림없이 당신이라는 걸 알았어요. 유리창에 돌이 부딪치는 소리를 들었을 때, 눈을 뜨지 않고도 전 알았어요. (통나무 위에 앉는다.) 좀 더 일찍 오실 거라고 생각했죠.

프록터 여러 번 오려고 했지.

애비게일 왜 안 오셨죠? 이 땅에서 저는 지금 아주 외로워요.

프록터 (사실대로 받아들이며, 신랄함 없이) 그러냐! 요즘 네 얼굴을 보려고 사람들이 백 마일이나 마차를 타고 온다고 들었는데.

애비게일 그래요, 제 얼굴요. 제 얼굴이 보여요?

프록터 (애비게일의 얼굴 쪽으로 불을 쳐들고) 그렇다면 네게 고민이 있다는 거냐?

애비게일 절 조롱하러 오셨나요?

프록터 (랜턴을 땅 위에 내려놓는다. 그녀 곁에 앉는다.) 아니, 아니야. 하지만 네가 매일 밤 주막집에 간다는 소릴 들었을 뿐이다. 부지사와 셔플보드 놀이를 하고, 그 사람들이 네게 사과주를 준다더군.

애비게일 셔플보드는 한두 번 했을 뿐이에요. 하지만 아무 재미도 없었어요.

프록터 이건 뜻밖이군, 애비. 난 네가 그보단 더 명랑하리라고 생각했는데. 요즈음 네가 가는 곳은 어디든지 한 무리의 남자애들이 졸졸 따라다닌다는 소릴 들었다.

애비게일 네, 그래요. 하지만 그 애들은 제게 추잡한 시선을 보낼 뿐이에요.

프록터 넌 그게 싫으냐?

애비게일 존, 더 이상 그런 더러운 시선은 견딜 수가 없어요.
        제 기분은 완전히 바뀌었어요. 그들을 위해서 제가 고
        통을 당하는데 마땅히 제게 경건한 표정을 보여야죠.

프록터 그래? 어떻게 고통을 받지, 애비?

애비게일 (치마를 걷어 올린다.) 자, 제 다리를 보세요. 저들의
        저주받을 바늘과 핀에 찔려서 온몸이 구멍투성이인
        걸요. (배에 손을 대며) 당신 아내가 찌른 것은 아직도
        아물지 않았어요. 보시다시피.

프록터 (그녀가 미쳤다는 것을 알아차리고) 그래, 아물지 않았군.

애비게일 전 가끔 제가 자고 있을때 그 여자가 이 상처를 찔러
        서 다시 터지게 한다고 생각해요.

프록터 뭐라고?

애비게일 그리고 조지 제이콥스는 (소맷자락을 밀어 올리면서)
        계속 찾아와서 막대기로 절 때리는 거예요. 이번 주
        내내 매일 밤 같은 곳을요. 부어오른 걸 좀 보세요.

프록터 애비, 제이콥스는 이달 내내 감옥에 있었어.

애비게일 천만다행이죠. 제발 그가 교수형에 처해지고 제가
        다시 편하게 잠들 수 있게 되기를! 아, 존, 세상엔 위
        선자가 너무 많아요! (놀라고 격분해서) 그자들은 감옥
        에서 기도를 드려요! 모두들 감옥에서 기도를 한다는
        소릴 들었어요!

프록터 그 사람들이 기도를 해선 안 되니?

애비게일 입으로는 성스러운 말을 하면서도 잠자리에 있는 절

고문하는데요? 이 마을을 제대로 정화시키려면 하느
님이 직접 나서야 해요!

프록터 애비, 아직도 다른 사람들을 마녀라고 외쳐 댈 거냐?

애비게일 내가 살아 있는 한, 살해당하지 않는 한, 분명코 그럴
거예요. 마지막 위선자가 죽을 때까지요.

프록터 그렇다면 선한 사람은 없단 말이냐?

애비게일 아뇨, 한 사람 있어요. '당신'은 선해요.

프록터 내가! 어째서 내가 선하단 말이지?

애비게일 저, 당신은 제게 선함을 가르쳐 주었어요, 그러니까
당신은 선한 사람이에요. 당신은 불처럼 저를 통과해
가셨어요. 그래서 제 모든 무지가 불타 버렸어요. 그
건 불이었어요, 존. 우린 불 속에 누워 있었죠. 그날 밤
이후로 어떤 여자도 더 이상 감히 저를 사악하다고 할
수는 없어요. 저는 제 답을 알고 있어요. 바람에 치맛
자락이 들추어지면 저는 죄를 지었다고 울곤 했지요.
그리고 레베카 같은 노파가 제게 행실이 단정치 못하
다고 할 때면 수치심에 얼굴이 붉어지곤 했어요. 그런
데 당신이 제 무지를 불태워 버렸어요. 12월의 벌거
벗은 나무들처럼 그들 모두를 볼 수 있어요. 성자처럼
교회에 가고, 병든 이를 간호하러 달려가나, 마음속은
위선자들이에요! 하느님은 제게 그들을 거짓말쟁이
라고 부를 수 있는 용기를 주셨어요, 그리고 사람들이
제 말을 듣게 만드셨어요, 그리고 맹세코 저는 하느
님에 대한 사랑에 보답하고자 이 세상을 깨끗하게 만

들겠어요! 오, 존, 이 세상이 다시 깨끗해지면 저는 당신의 좋은 아내가 되겠어요! (프록터의 손에 키스한다.) 매일같이 저를 보고는 놀라시겠죠. 당신 집 안에 있는 천국의 불빛을 보는 것처럼. (프록터, 자리에서 일어난다. 몹시 놀라 뒤로 물러선다.) 왜 그렇게 차가운 거죠?

프록터 애비게일, 내 아내가 아침이 되면 재판을 받게 된다.

애비게일 (냉담하게) 당신 부인이요?

프록터 너도 분명히 알고 있었지?

애비게일 이제 생각이 나는군요. 어때요……. 어떤가요……. 잘 있나요?

프록터 삼십육 일이나 거기 있으면서 할 수 있는 만큼은 잘 지낼 거다.

애비게일 호의에서 찾아왔다고 했잖아요.

프록터 아내가 사형을 받을 순 없다, 애비.

애비게일 부인 이야길 하려고 날 잠자리에서 불러냈군요?

프록터 애비, 내일 내가 법정에서 할 일을 네게 말하려고 왔단다. 난 널 불시에 기습하지는 않겠다. 그러나 너 자신을 구하기 위해 할 일을 생각할 수 있는 충분한 시간을 줄 거야.

애비게일 저 자신을 구하라니요!

프록터 네가 내일 아내를 석방하지 않으면, 난 기어코 널 파멸시키고 말겠다.

애비게일 (놀라서 작은 소리로) 어떻게 절 파멸시킬 건가요?

프록터 그 인형이 아내 것이 아니란 것을 네가 알고 있다는 아주 확고한 서류상의 증거를 갖고 있다. 그리고 네가 메리 워렌더러 인형 속에 바늘을 꽂으라고 시켰다는 것도.

애비게일 (광포함이 꿈틀거린다. 원하는 것을 거부당해 말할 수 없이 좌절한 어린아이처럼 서 있다. 그러나 아직 이성을 잃지는 않았다.) '내가' 메리 워렌에게 시켰다고요?

프록터 너는 네가 한 일이 뭔지 알고 있어. 너는 아예 미친 건 아니야!

애비게일 아, 위선자들! 당신네들은 저 사람도 당신네 편으로 만들었나요? 존, 왜 저들이 당신을 제게 보내도록 했나요?

프록터 애비, 난 네게 경고한다!

애비게일 저들이 당신을 보냈어요! 저들이 당신의 정직함을 훔치고 그리고…….

프록터 난 나의 정직함을 찾았다!

애비게일 아니에요, 당신 부인이 조르는 거예요, 훌쩍거리고, 질투심이 강한 당신 부인이라고요! 이것은 레베카의 목소리, 마사 코리의 목소리예요. 당신은 위선자가 아니에요!

프록터 난 네가 사기꾼이란 것을 증명하겠다!

애비게일 그래서 저들이 애비게일이 어째서 그렇게 살인적인 행위를 하는가라고 당신한테 묻는다면 무엇이라고 말하시겠어요?

프록터 그 이유를 말하겠다.

애비게일 뭐라고 말하시겠어요? 불륜을 고백하시겠어요? 법
         정에서요?

프록터   네가 그렇게 하게 만든다면, 난 그걸 말하겠다! (애비
         게일, 믿을 수 없다는 듯 웃는다.) 말하고말고! (그가 절대
         로 할 수 없으리라는 것을 더욱 확신하면서, 애비게일, 좀 더
         큰 소리로 웃는다. 프록터, 그녀를 거칠게 흔든다.) 아직 들
         을 수 있다면, 이 말을 잘 들어! 잘 들어 봐! (애비게일,
         정신 나간 사람을 보듯 프록터를 쳐다보며 몸을 떤다.) 혼
         령들을 볼 수 없다고 법정에서 말해라. 더 이상 그것들
         을 볼 수 없고, 다신 사람들을 마녀로 몰지 않겠다고.
         안 그러면 네가 창녀라는 사실을 널리 알리겠다!

애비게일 (프록터를 붙들며) 이 세상에선 절대로 그럴 수 없어
         요! 난 당신을 알아요, 존. 당신은 이 순간 부인이 교
         수형에 처해지는 것에 대해서 마음속으로 할렐루야
         를 부르고 있어요!

프록터   (그녀를 밀어 떨치며) 넌 미쳤어, 넌 살인마 암캐야!

애비게일 아, 가식이 벗겨지는 건 얼마나 힘든 일인가! 그러나
         그것은 벗겨질 거야, 벗겨지고말고! (돌아가려는 듯 숄
         로 몸을 감싼다.) 당신은 아내에 대한 의무를 다하셨어
         요. 그게 당신의 마지막 위선이길 바라요. 당신이 제
         세 좀 너 날콤한 소식을 가지고 다시 오시길 바라요.
         그러시리라는 걸 알아요. 이제 의무는 끝났어요. 안녕
         히 주무세요, 존. (작별 인사로 손을 들면서 뒤로 물러난
         다.) 아무것도 두려워 마세요. 제가 내일 당신을 구해

줄 테니까요. (몸을 돌려 걸어가면서) 당신 자신으로부터 당신을 구해 주겠어요. (애비게일은 가 버린다. 프록터, 몹시 놀라고 두려움에 잠긴 채 혼자 남았다. 그는 랜턴을 집어 들고는 천천히 퇴장한다.)

작품 해설

밀러를 극작가로 이끈 동기의 하나는 드라마는 관객과 직접 말할 수 있으며 사람들을 급진적으로 개혁할 수 있다는 믿음이었다.* 그리고 그의 전 작품을 통해서 지속적으로 등장하는 모티프는 그가 청년기에 경험했던 경제 공황과 유대인 학살 사건이었다. 경제 공황은 미국의 꿈이라는 성공 신화를 깨뜨리면서 역사를 보는 시각을 바꾸어 버렸고, 유대인 학살은 개인의 존재 의미를 말살하고 인간들 사이의 책임 연대를 지니는 조직으로서의 사회라는 개념을 파괴해 버렸다.** 밀러는 극한적인 상황에서 예술이 할 수 있는 일은 이 같은 상황을 만들어 놓은 그 힘을 묵인하거나, 그것에 동조하는 것도,

---

* Christopher Bigsby, "Introduction," *Cambridge Companion to Arthur Miller.* (Cambridge Univ. Press, 1997), p. 2.
** Bigsby, "Introduction," p. 5.

그 존재 자체를 무시하는 것도 아니라, 바로 그 힘에 저항하는 것이라고 생각했다. 밀러는 우리 모두는 같은 배에 타고 있는 운명 공동체로 생각한다. 그리고 다른 어느 장르보다도 연극이 상호 의존적인 인간 공동체를 가장 직접적으로 표현할 수 있는 장을 마련해 줄 뿐만 아니라, 연극을 통해 사람들을 변화시킬 수 있다고 보았다.

대가족제 분위기에서 성장한 밀러는 과거가 현재와 단절된 것이 아니라 현재 안에 상존하는 것으로 인식했다. 그는 미국의 성공 신화가 지향하는 것처럼 새로운 시작을 위해 과거와 역사를 잊어버리려는 욕망에 끊임없이 저항한다. 또한 밀러는 폴란드계 유대인 이민자의 손자이자 아들로서 자신이 물려받은 능력의 하나가 시대의 변화의 흐름을 읽고 이에 대처하는 능력이라고 자서전 『시간의 굴곡』에서 밝히고 있다. 이처럼 밀러는 지속적으로 과거를 현재로 가져오며, 개인의 정체성과 그 개인이 속한 시대의 정신에 대해서 집요하고 파고든다.

1950년대 초 미국은 소련과의 대립이 첨예화되면서 반공 이데올로기에 따른 집단적 히스테리가 도를 더해가기 시작했다. 이 같은 시대 분위기에 대한 자신의 입장을 밀러는 입센의 「민중의 적」 각색과 「시련」을 통해서 분명하게 시사한다.

밀러에게 있어서 작가는 진실을 말하는 사람이며, 작가의 역할은 우리 사회의 도덕적 가치를 회복하고 우리가 속한 세계에 대한 책임을 거부하도록 만드는 위압적인 힘과 유혹에 대항하도록 경고하는 것이다. 작가는 또한 "독자들에게 그들이 망각하기로 선택한 것을 기억나게 만드는 것"이며, 과거는 개인이 짊어져야 될 짐이라고 말한다.* 밀러의 주인공들은 자신의 과거를 직시하고서 도덕적 책임감을 받아들일 것을 요구받는다. 여기서 문제가 되는 것은 이들에게 가해지는 외부로부터의 압력이 아니라, 그것에 대항할 수 있는 인간 본성의 문제이다. 밀러의 주인공들은 결함이 많은 인물들이지만, 바로 이 같은 결함이 이들의 인간다움의 본질이기도 하다. 밀러는 주인공의 개인적인 삶과 그가 속한 사회 속의 문제들을 연결 짓는다. 이들이 스스로와 싸우는 그 싸움은 개인의 차원을 넘어서는 더 큰 사회적 문제들과 연관되어 있다. 이들이 스스로 진실을 부인하거나, 자신의 잘못을 받아들이기를 거부하거나, 또는 배신하는 행위는 곧 인간의 상호 관계를 부인하는 표시이기 때문이다.**

「시련」은 1692년 세일럼에서 있었던 마녀 재판을 소재로 당시 뉴잉글랜드 지방을 휩쓸었던 집단 광기와 1950년 초반에 미국을 휘몰아친 또 다른 광기인 매카시즘 사이의 보편적 유사성을 통해서 인간 본성에 내재된 문제들에 대해서 말한다. 밀러는 연속되는 역사의 흐름 안에서 이 두 개의 사건이 보여 주듯이 유사하게 되풀이되고 있는 사회 현상의 원인과 과정을 규명하고 그에 대한 정확한 인식을 촉구하고자 한다. 매카시즘의 광풍에 대해서 밀러가 충격을 받은 것은 그것이

---

* Bigsby, "Introduction," p. 7에서 재인용.
** Bigsby, "Introduction," p. 4.

집단적인 공포를 야기할 뿐만 아니라 "새로운 주관적 리얼리티"를 만들어 낸다는 사실이었다. 그를 당혹하게 한 것은 바로 상대적인 것과 절대적인 것을 혼돈하는 것이며, 주관적 리얼리티가 객관적 리얼리티로 되어 버리는 것이다.* 밀러는 당연하고 절대적인 것으로 보이는 사회적 전제들이 실제로는 지극히 주관적인 판단이 만들어 낸 현실이라는 점을 지적하고, 이것이 객관적 사실로 변해서 권위를 지니게 되는 것의 문제점을 예리하게 파헤친다. 그는 집단적인 공포의 분위기 안에서 새로운 가치관을 조작해 낼 수 있는 거대한 메커니즘의 존재를 파헤치면서, 그것에 의해서 희생되는 개인의 존엄성의 문제로 시선을 돌린다. 밀러는 이 작품 속에서 개인들 위에 절대적인 힘을 행사했던 당대의 매카시즘이나 세일럼을 지배하던 청교도주의가 자의적이고 임의적인 과정을 통해서 형성된 것임을 밝힌다.

1951년 6월, 미 상원에서 행한 연설에서 미국 내의 공산주의자들을 색출해야 한다는 조셉 매카시 의원의 주장이 사회 전반에 걸쳐서 심각하게 받아들여진 현상에 대해서 밀러는 자신의 입장을 연극을 통해서 말하고자 했다. 그가 매리언 스타키의 『매사추세츠의 악마』를 읽으면서 작품을 구상하던 중 「모두가 나의 아들」을 연출했던 엘리아 카잔이 미 하원 비미 활동 조사 위원회에 출두해서 과거의 동료들을 공산주의자로

---

* Thomas P. Adler, "Conscience and Community in *An Enemy of the People and The Crucible*," *The Cambridge Companion to Arthur Miller*, p. 90에서 재인용.

매도한 사건이 일어났다. 밀러는 이 같은 공개적인 배신행위가 도덕적 행위로 받아들여질 뿐만 아니라, 개인의 죄의식이 영웅적 행위로 둔갑하는 과정에 충격을 받는다. 세일럼에서 마녀 재판이 행해진 시기는 가치가 전도된 시기였다. 고발자들은 결백하고 고발을 당한 자들은 죄인이 되었으며, 생존하기 위해서는 자백을 하고 병적인 비전을 수용해야만 했다. 마녀 재판과 미 하원 청문회의 공통점은 이것이 결백함을 되찾고자 하는 미국인의 욕구에서 나온 것이라는 점이다. 그러나 이것은 죄의식을 타인에게 전가하는 배신 행위와 자백을 통해서, 결국은 타인을 고발하도록 만들었다. 자신의 결백과 이름을 지키기 위해 타인을 고발하는 행위는 바로 자신들이 경멸하는 재판 과정이나 청문회 과정에 동조하는 것이 된다. 그러한 결과로 자신의 존엄성은 파괴된다. 「시련」은 마녀 재판이 야기한 집단적 광기가 실제로는 불안함의 극단적인 표현이었으며, 표면상 연관성이 없어 보이는 사건들이 실상은 철저한 계산에 바탕을 둔 이익 추구와 탐욕과 시기심에서 기인된 것임을 밝힌다. 그리고 더 나아가서는 죄의식을 정화하기 위해서 요구되는 공개적인 행동과 그와 같은 상황에서 일어나는 배신 행위들, 그리고 이에 맞서서 인간의 존엄성을 회복하려는 개인의 행동을 보여 주고자 한다.

우리가 현실이라고 믿는 것의 실체가 사실은 지극히 주관적인 창조물이라는 것을 인식하게 되면, 우리가 절대적이라고 믿어 왔던 여러 가치들에 대해서도 의심해 볼 수 있는 비판적 거리가 생긴다. 그러면 불변의 진리처럼 믿었던 가치들이 실제적으로 작용하는 원리는 지극히 임의적이고 허상에 불과하다는 사실을 깨닫게 된다. 「시련」은 50년대 미국 사회의 매카시즘이나 17세기 세일럼의 청교도주의가 개인들을 짓누르던 절대적 힘이 사실은 자의적인 과정을 통해서 형성된 것임을 밝히고자 한다. 사회적으로 엄청난 파장을 일으킨 마녀재판이 실상은 패리스 목사의 조카 애비게일의 주동으로 한밤중에 숲속에서 혼령을 불러내는 한낱 미미한 마을 소녀들의 놀이에서 출발한 것을 보여 줌으로써 밀러는 이러한 사실을 예증하고자 한다. 애비게일을 비롯한 소녀들은 숲에서 금기된 놀이를 한 것에 대해 벌을 받을 것이 두려워 마치 마법에 걸렸던 것처럼 거짓 연기를 하게 되고, 이로 인해 마녀의 존재는 순식간에 진실이 되어 버린다. 이처럼 가정된 진실이 일단 사실로 간주되면 논리성은 더 이상 문제되지 않은 채 무고한 희생자들이 생겨난다. 이에 더해 여러 이해관계들이 얽혀 후속 가치들이 양산되고 왜곡된 진실이 역사가 되는 과정이 바로 이 극에서 고발하고자 하는 점이다. 애비게일의 거짓말은 여러 인물들이 각자의 이익을 위해 그것을 전유하면서 진실로 둔갑한다. 그리고 이 왜곡된 진실은 이 게임에 부응하지 못하는 인물들을 하나씩 무너뜨리고 이들이 속한 공동체마저 마비시켜 간다.

밀러는 세일럼의 공동체가 문명사회와 산림 지대의 경계선에 위치해 있으며, 처녀림은 악마의 마지막 근거지로 인식되고 있음을 강조한다. 이 공동체 구성원들의 도덕적 운명 의식과 지역적 편협성은 종교적 지도자를 선출하는 문제로부터 시작해서, 토지를 둘러싼 이권 다툼과 경제적인 문제, 성적 억압의 문제, 그리고 개인의 자유를 보다 많이 확보하기 위한 움직임이 한데 합쳐져서 타자에 대한 박해를 가속화한다. 세일럼에 뿌리내린 청교도주의 신정 정치는 '배제와 금지'의 이데올로기 위에서 세워졌으며, 정치적 행동에 종교적인 의미와 도덕적인 권위를 부여함으로써 반대하는 세력은 악마의 세력과 동일시되어 버린다. 이처럼 폐쇄적이고 외부에 대해서 적대적인 사회에서 여자아이들의 금기된 놀이에서 파생된 마녀 소동은 마치 작은 불씨가 마른 들판을 온통 불태우듯이 세일럼을 광기의 히스테리로 몰아넣는다. 금기된 놀이가 마녀가 존재한다는 거짓 연기로 변하고, 이 거짓 연기가 마녀 사냥으로 확장되는 과정에서 억압되었던 개인의 욕망들이 마치 판도라의 상자가 열린 듯 튀어나온다. 마녀 재판은 공공선을 위한 것이라는 대의명분을 내세워서 진행된다. 하지만 이 과정에서 마녀의 존재를 의심하는 상식과 경고는 철저히 무시된다. 세일럼의 집단적 광란의 저변에는 치밀하게 계산된 손길과 주민들이 평소에 품고 있던 원한과 욕심, 시기와 질투, 복수가 자리 잡고 있기 때문이다.

「시련」에 등장하는 지배층 인물들은 공동체를 바르게 이끌고 사회적 정의를 실현하는 데에 있어서 모두 문제점을 노출한다. 패리스 목사는 세일럼의 정신적인 지도자의 위치에 있음에도 불구하고 딸 베티가 개입된 금기된 놀이가 마녀 사냥으로 변질 확산되는 과정을 자신의 이익을 도모하는 기회로 삼는다. 패리스가 선동하는 댄포스 부지사 역시 자신의 명예

를 지키기 위해 정의를 외면하며 궤변적인 심문으로 자백을
강요하는 위선적인 모습을 보인다. 헤일 목사 역시 과학이라
는 지식의 논리에만 갇혀 진실에 대한 이해보다는 자신의 기
준만을 일방적으로 내세움으로써 또 다른 권력의 이면을 보
여 준다. 이 극에서 권력층의 부패와 위선을 노출시키는 것은
단지 개인의 성격적 결함이 아니라 보다 넓은 차원에서 사회
악의 문제점을 고발하기 위한 것이다. 사회악이 만들어지는
과정에서 여러 개인들의 이기적 욕망들이 뒤얽혀 있음이 드
러난다.

한편 애비게일 윌리엄스의 경우에는 보다 복잡한 문제들이
뒤섞여 있다. 애비게일은 프록터와의 불륜을 이루지 못한 사
랑에 대한 집착으로 변질시킨다. 그녀의 집착은 프록터의 아
내 엘리자베스에 대한 증오와 복수심으로 심화되면서, 마녀
소동이라는 어처구니없는 상황을 만들어 낸다. 애비게일이
일으킨 작은 불씨는 세일럼에 팽배해 있는 억압된 증오심과
욕망에 불길을 당긴다. 애비게일의 행동은 단순한 욕망을 보
여 주는 것 같지만, 이제 갓 성인이 된 그녀가 의식적으로 조
작해 내는 선동의 양상은 기성세대들이 이미 확립해 놓은 사
회에 대한 모방일 뿐이다. 애비게일은 하나의 촉발제가 되어
서 그동안 은폐되어 왔던 세일럼 사회의 문제점들을 고스란
히 노출시킨다. 뿐만 아니라 고아로 자란 애비게일이 프록터
와의 관계로 집단에서 배제되는 일종의 아웃사이더가 되는
과정에서, 사회의 소외 계층들에 대한 배제의 논리 역시 드러
난다. 애비게일이라는 동인으로 인해 사회 곳곳의 문제점들

이 드러나는 이 극에서 밀러는 개인과 사회의 밀접한 연결고리를 심층적으로 파헤친다.

마녀 소동은 애비게일의 프록터에 대한 집착과 복수심, 퍼트넘 부인이 레베카 노파에 대해 품은 시기심, 퍼트넘의 토지와 권력에 대한 욕망, 패리스 목사의 병적인 권위 의식, 헤일 목사의 학문에 대한 과신 등, 숨은 동기들이 뒤엉켜서 마녀의 존재를 기정사실로 바꾸어 버린다. 마을 주민들의 이분법적 논리 또한 광기의 자극제가 된다. 마녀라는 속죄양을 발견한 세일럼 주민들은 오랫동안 억압되어 온 욕구불만을 악마에 대항해 싸운다는 명분 아래 잔인하고 비열하게 퍼붓는다. 세일럼 마을의 집단적 광란의 배후에는 그러한 혼란을 치밀하게 계산하는 손길도 있다. 평소 마을 사람들에게서 부당한 대우를 받아 온 마을 유지 퍼트넘 내외는 마녀의 존재를 마을 사람들에게 주지시킨다. 조카의 비행으로 목사직 박탈을 두려워하는 패리스 목사는 퍼트넘의 도움이 필요하기에 그에게 반대하지 못한다. 이에 더해 악의가 없었음에도 불구하고 학자적 호기심이 헤일 목사로 하여금 악마의 존재를 확인시키는 방향으로 움직이게 하고 마을 사람들에게 교시적 역할을 하도록 한다. 이처럼 마녀 재판이 진행되는 동안 뜻밖에 노출되는 것은 이 사건을 기화로 마을 사람들이 평소에 품었던 원한과 욕심, 시기와 같은 이기적 욕망들이다. 사회적 사건 이면에 복잡하게 얽히고설켜 있는 개인들의 이기심과 권력의 역학 관계가 바로 이 극의 중심에 자리 잡고 있다.

「시련」을 이끌어 나가는 심리적인 갈등의 또 다른 동력은 바로 죄의식이다. 프록터와 애비게일, 그리고 엘리자베스 사이의 갈등은 세일럼 사건의 공적인 영역과 사적인 영역을 연결 짓는 고리가 되며, 프록터의 죄의식은 심리적 갈등의 핵심이 된다. 밀러는 죄의식의 감정을 종교적 혹은 윤리적 차원에서 접근하는 것이 아니라, 사회가 어떻게 개인에게 죄의식을 불러일으키는지 그 과정에 초점을 맞춘다. 죄의식은 한 개인이 잘못을 저지른 행위를 기점으로 죄의 고백, 자비와 용서, 심판과 같은 일련의 과정을 거치면서 그와 그가 속한 공동체의 시선 사이의 긴장 속에서 형성되고 내재화된다. 이 과정에서 죄를 지은 행위 자체는 그 의미가 축소되고 행위를 둘러싼 이해관계들 사이의 갈등이 주를 이루게 된다. 밀러는 프록터의 재판 과정을 통해서 그의 죄의식이 공공의 이익을 위한다는 명분하에 어떻게 오용되고 있는가를 보여 준다. 프록터는 자신의 죄를 고백함으로써 아내의 목숨을 구하고, 애비게일의 정체를 폭로함으로써 마녀 색출 작업의 실체를 밝힐 것을 기대하지만, 오히려 자신의 존엄성을 포기해야 하는 위기를 맞는다. 프록터는 자신이 지은 성적인 죄악을 인간성의 총체적인 타락으로 받아들이며 자신을 용서하지 않는다. 그는 악마의 하수인이라는 거짓 증언에 서명을 하면서도 자신은 성자와 같은 죽음을 맞이할 가치가 없는 인간이라고 생각한다. 그러나 자신의 거짓 자술서가 공개되면 그것은 다른 사람들을 악마의 하수인으로 만드는 것이 되므로 프록터는 그것을 찢어 버린다. 이 거짓 자술서는 그의 목숨을 구해 주지만 그와 자식들의 이름을 더럽힐 것이기 때문이다. 밀러에게서 이름은 한 인간의 내면의 고결함을 상징한다. 그리고 한 인간이 자신의 양심을 타인에게 넘기는 경우 그 양심과 함께 그의 불멸의 영혼과 이름이 함께 사라지는 것이다.*

프록터는 마침내 자신의 운명에 대해서 스스로 판단하게 된다. 지금까지는 자신의 정체성에 대해 타인들 의도대로 조종하도록 내버려 두었다면, 이제 스스로의 운명의 관리자가 되는 순간 그는 자신의 정체성을 발견한다. 그는 이제 인간의 불완전함에 대한 지나친 집착에서 벗어나서 자신보다 타인을 먼저 생각함으로써 자신의 선함을 발견한다. 그는 절대적인 완벽함이 아니라도 아주 적은 것이나마 자신에게 있는 선함을 지키려고 한다. 그것이 죽음을 맞이하더라도 자신의 이름을 더럽히지 않는 것이기 때문이다. 이 극이 공연되고 나서 삼 년 후 미 하원 비미 활동 조사 위원회에 출두한 밀러는 다른 사람들의 이름을 밝히기를 거부한 프록터를 연상시켰다.**「시련」은 시간이 지나면서 이 극의 배경이 됐던 정치적 상황의 조명을 벗어나서 한 개인이 자신의 존엄성을 회복하기 위해서 자신과 싸우는 과정을 보여주는 보다 보편적인 의미가 더욱 부각된다.

프록터의 비극은 인간의 행위 그 자체와 그 행위를 한 자신에 대한 인식 사이의 갈등에 대한 고찰이다. 자신에 대한 인식은 스스로 생성된 것이 아니라 외부의 시선이 내재화된 결과

---

* Arthur Miller, *Collected Plays*, vol. I (New York: Viking Press, 1957), p. 47.
** Christopher Bigsby, *Arthur Miller 1915-1962* (Cambridge, Mass.: Harvard Univ. Press, 2009), p. 447.

라는 것이 비극의 시작이자 핵심이다. 프록터는 무엇보다도 자신과 다른 사람들에 대한 진실을 고수하는 자기 보존의 행위로 죽음을 맞이했다는 점에서 현대 비극의 가치를 구현하는 인물이다.* 프록터의 비극성 혹은 비극의 주인공으로서의 가치 평가는 개인적인 차원이 아니라 보다 거시적인 차원에서 이루어져야 한다. 절대적인 가치들의 임의성이나 모호함을 파악하게 되면 주인공인 프록터의 성격에 대한 이해가 깊어질 것이다. 사회 전체적인 구조 속에서 프록터라는 인물을 조명하면. 그가 단지 나약한 개인이나 평범한 소시민을 대변하는 것뿐만이 아니라, 그가 속한 사회의 구조상의 문제를 폭로하는 인물임이 드러난다. 따라서 프록터는 개인사가 아니라 미국사를 상징적으로 체현하고 있는 인물이다. 프록터의 '시련'은 그러므로, 각기 다른 이름으로, 그러나 똑같은 방식으로 재생되고 있는 사회적 시련인 것이다.

밀러는 「시련」이 지니는 사회적, 정치적 맥락의 의미가 사라진 다음에도 이 작품이 지속적으로 공연되는 것은 질서의 허약함이라는 유령을 상징적으로 보여 주기 때문이라고 보았다. 어떤 확실성이 사라진다면 불가해한 것은 언제나 우리 주변에 맴돈다. 우리는 단순한 신뢰, 신앙, 그리고 동료 인간에 대한 존경심에 우리가 얼마나 많이 기대고 있는지를 알고 있나 그리고 이 같은 것이 또 얼마나 쉽게 깨질 수 있는지도 알고 있다. 우리는 또한 우리가 벼랑 끝에 서 있으며, 사실상 얼

---

* Raymond Williams, *Modern Tragedy* (Stanford Univ. Press, 1966), p. 104.

마나 약한 존재이며, 공포심으로 인해서 얼마나 빨리 변할 수 있는지도 알고 있다. 이 작품은 용기와 정신의 명료성이 지닌 궁극적인 힘을 재확인하는 것이다. 이 용기와 정신의 명징성이 가져오는 궁극적인 열매는 곧 자유임을 밀러는 보여 주고자 한다.* 프록터의 시련은 바로 이러한 개인의 의지를 비극적으로 보여 주고 있다.

밀러는 개인의 존엄성을 파괴하는 외적 요소인 사회 환경과 개인의 내적 요소 간의 갈등을 통해 비극을 만들어 낸다. 그리고 잔인한 사회 구조 속에서 존재감을 상실한 개인이 그 안에서 인간 본연의 모습을 어떻게 회복할 수 있는지 보여 준다. 따라서 밀러의 극은 평범한 소시민을 내세워 그가 인간성을 성취해 가는 과정 속에서 인간의 의지와 인간 본연의 진실성을 볼 수 있도록 이끈다. 「비극과 소시민」에서 밀러는 이러한 소시민의 승리의 가능성을 확신했다. 인간성을 파괴하는 사회 제도에 대한 파악과 그러한 과정에서의 자아 발견은 현대적 비극성을 구현하기에 충분한 극적 요소로 작용한다. 극단적인 상황까지 내몰리게 될 때 평범한 소시민은 상대적으로 형성되었던 자신의 왜소한 존재감에서 벗어나 진정한 자존감을 되찾는다. 그 자존감은 새롭게 이루어 낸 것이 아니라 그 안에 본래 내재되어 있었다는 점을 그가 깨닫는 것이다. 사회적 잣대에 의해 측정되었던 자의적인 존재감을 내던지고 여러 유기적 관계들 속에서 사회에 대한 진정한 안목과 자신

---

* Bigsby, *Arthur Miller 1915-1962*, p. 456에서 재인용.

을 되찾는 것, 이것이 바로 밀러가 추구하는 비극의 목적이라
고 볼 수 있다.

2012년 5월
최영

작가 연보

1915년   10월 17일, 아서 애스터 밀러(Arthur Aster Miller), 뉴욕 시에서 출생.

1920~1928년   할렘에서 공립학교 다님.

1923년   슈버트 극장에서 처음으로 연극을 봄.

1928년   아버지의 사업 침체로 인해 브루클린으로 이사.

1930~1933년   고등학교 두 곳을 옮겨 다니며 미식축구 부원으로 활동하는 한편 빵집에서 배달 아르바이트, 여름 방학에는 아버지의 사업을 도와 일함.

1933~1934년   고등학교 졸업 후 시티 칼리지 야간부에 등록하나 두 주 만에 자퇴. 자동차 부품 회사에서 점원으로 일함.

1934년   미시간 대학 입학. 전공은 언론학으로, 대학 신문 기자 및 야간 편집자 생활.

1936~1937년   엿새 만에 「악당은 없다(No Villain)」탈고. 홉
우드 드라마 상(Hopwood Award in Drama) 수상. 영
문과로 옮김.

1937년   케네스 T. 로(Kenneth T. Rowe) 교수에게 극작 수업
받음. 「악당은 없다」를 개작한 『다시 일어서는 그
들(They Too Arise)』로 신인 작가상 수상. 이 작 품
은 앤아버 및 디트로이트 지역에서 공연됨. 스페인
내전에 참전하지 않기로 결정.

1938년   『위대한 불복종(The Great Disobedience)』으로 홉
우드 드라마 상 2위 수상. 대학 졸업 후 할리우드
의 20세기 폭스사에서 좋은 조건에 대본 작가로
촉탁받으나 거절하고 뉴욕 시 연방 연극 프로젝트
(Federal Theater Project)에 참가해 라디오극과 드라
마 창작 활동.

1940년   메리 그레이스 슬래터리(Mary Grace Slattery)와 결혼.

1941년   브루클린 해군 조선소에서 선박 부품 설비의 야간
보조 용역으로 일하면서 라디오 드라마 창작.

1944년   「모든 행운을 가졌던 남자(The Man Who Had All
the Luck)」가 브로드웨이에서 초연. 2회의 프리뷰
포함 6회의 공연 끝에 막을 내림.

1945년   소설 『포커스(Focus)』 출판. 《신대중(New Masses)》
에 「에즈라 파운드는 총살당해야 하는가?」 기고.

1947년   「모두가 나의 아들(All My Sons)」 초연, 뉴욕 연극
비평가상 수상.

1948년	코네티컷에서「세일즈맨의 죽음」탈고. 유럽 여행 중 유대인 수용소의 생존자들 만남.
1949년	「세일즈맨의 죽음」초연, 퓰리처 상과 뉴욕 연극비평가상 수상.《뉴욕 타임스》에 에세이「비극과 소시민(Tragedy and the Common Man)」기고. '세계 평화를 위한 친 소비에트 문화 과학 컨퍼런스'에 예술 분야 의장 자격으로 참석.
1950년	헨리크 입센의「인민의 적(An Enemy of the People)」각색, 초연.「갈고리(The Hook)」가 HUAC(House Un-American Activities Committee, 반미 활동 조사 위원회)의 압력으로 공연되지 못함.
1952년	「시련(The Crucible)」의 자료 조사차 세일럼의 마녀 박물관 방문.
1953년	「시련」초연.
1955년	단막극「다리에서 본 풍경(A View from the Bridge)」 공연.
1956년	네바다에 거주하면서 메리 슬래터리와 이혼.「부적응자(The Misfits)」자료 조사. 영화배우 메릴린 먼로와 결혼. HUAC 출두.
1957년	『아서 밀러 에세이 선집(Arthur Miller's Collected Essays)』출판. HUAC에서 반미 지식인의 이름 대기를 거부했다는 이유로 의회 모욕죄로 기소됨. 단편소설「부적응자」발표.
1958년	항소심에서 의회 모욕죄 혐의 무죄 판결.

1961년	먼로와 이혼. 「부적응자」 영화 개봉.
1962년	오스트리아 출신 사진작가 잉게 모라스(Inge Morath)와 결혼.
1964년	잉게와 함께 독일의 유대인 수용소와 프랑크 푸르트 나치 전범 재판 참관. 「타락 이후(After the Fall)」와 「비시에서 일어난 일(Incident at Vichy)」 초연.
1965년	국제문인협회(PEN) 회장으로 선출.
1978년	『아서 밀러의 연극 평론(The Theater Essays of Arthur Miller)』, 로버트 A. 마틴 편집으로 출간.
1981년	『아서 밀러 희곡 선집』 전 2권 출간.
1983년	중국 베이징 인민 극장에서 「세일즈맨의 죽음」 연출.
1987년	자서전 『시간의 굴곡(Timebends)』 출간.
1991년	단막극 「마지막 양키(The Last Yankee)」 공연. 「모건 산을 말 타고 내려가기(The Ride Down Mount Morgan)」 런던에서 초연.
2005년	2월 10일 코네티컷 지택에서 심장마비로 사망.

세계문학전집 **286**

시련

1판 1쇄 펴냄 2012년 5월 25일
1판 31쇄 펴냄 2024년 8월 8일

지은이 아서 밀러
옮긴이 최영
발행인 박근섭, 박상준
펴낸곳 (주)민음사

출판등록 1966. 5. 19. (제 16-490호)
서울특별시 강남구 도산대로1길 62(신사동) 강남출판문화센터 5층 (우편번호 06027)
대표전화 02-515-2000 팩시밀리 02-515-2007
www.minumsa.com

한국어 판 ⓒ (주)민음사, 2012, 2021. Printed in Seoul, Korea

ISBN 978-89-374-6286-3 04800
ISBN 978-89-374-6000-5 (세트)

세계문학전집 목록

세계문학전집은 계속 간행됩니다.